Mis documentos
Alejandro Zambra

# 我的文档

〔智利〕亚历杭德罗·桑布拉 著
童亚星 译

人民文学出版社
PEOPLE'S LITERATURE PUBLISHING HOUSE

**著作权合同登记号　图字 01-2016-5220**



**图书在版编目(CIP)数据**

我的文档 /(智)亚历杭德罗·桑布拉著;童亚星译. —北京:人民文学出版社,2016
(亚历杭德罗·桑布拉作品集)
ISBN 978-7-02-011889-2

Ⅰ.①我… Ⅱ.①亚… ②童… Ⅲ.①短篇小说-小说集-智利-现代 Ⅳ.①I784.45

中国版本图书馆 CIP 数据核字(2016)第 174605 号

责任编辑:**朱卫净　彭　伦　任　战**
装帧设计:**汪佳诗**
封面绘图:**杨　猛**

出版发行　**人民文学出版社**
社　　址　**北京市朝内大街 166 号**
邮政编码　**100705**
网　　址　**http://www.rw-cn.com**

印　　刷　**宁波市大港印务有限公司**
经　　销　**全国新华书店等**

开　　本　**889 毫米×1194 毫米　1/32**
印　　张　**6.75**
字　　数　**130 千字**
版　　次　**2016 年 10 月北京第 1 版**
印　　次　**2016 年 10 月第 1 次印刷**

书　　号　**978-7-02-011889-2**
定　　价　**30.00 元**

如有印装质量问题,请与本社图书销售中心调换。电话:010-65233595

目录

# I

# 我的文档

致娜塔莉亚·加西亚

## 一

我第一次看见电脑是在一九八〇年，那时我四岁。不过这段记忆并不清晰，大概是跟接下来几次参观父亲位于奥古斯丁纳大街的办公室的经历混在了一起。那阵子，父亲总是右手捏着香烟，黑黑的眼珠盯着我，跟我讲解那些大块头机器是如何运作的，盼着我会惊叹不已。而我，虽然表面上饶有兴致，但其实每次一瞅准机会，就会溜去秘书洛雷托小姐的办公室。洛雷托留着齐肩中发，双唇细薄，从来都记不住我的名字。

洛雷托的机器才让我觉得了不起呢：一个个词语在小小的屏幕上堆积，然后眨眼间就被嵌进了纸张。这东西可能跟电脑也差不多吧，不过那时我可不关注这个。我更喜欢另一台机器：意大利好利获得牌黑白打字机。这东西我熟得很，因为家里有一台一模一样的。我母亲学的专业是编程，却很快把电脑置之脑后，爱上了“打字”这门更简单的技术。当时，计算机远没到普及的程度，打字还流行得很。

母亲打字可不是为了挣钱。她敲敲打打的都是外婆早些年写下的歌词、小说和诗歌。外婆写这些要么是为了某场比赛募集善款，要么是计划着什么能让她一举成名的项目。我还记得母亲在餐桌前工作的样子：小心翼翼地塞好每一张打印纸，或是用涂改液抹去每一处错误。母亲打字很快，十个指头一齐跳动，根本不看键盘。

也许可以这样说：我父亲是台电脑，而母亲，是台打字机。

## 二

我很快学会了用打字机打自己的名字，但更热衷于用键盘模仿行军的击鼓声。加入军乐队是我们所能憧憬的最大光荣，所有孩子都是如此，我也不例外。每天上午的课间，我们都能听到远处传来的军鼓、军号、军哨声：小号和长号铿锵交替，三角铁和里拉琴的清脆音色浑然一体。军乐队每周出行两三次，每次看到他们的身影消失在学校尽头的空地上，我都激情澎湃。最引人瞩目的当然是指挥官了，他曾是我们学校的学生，现在只在重大场合才会露面，虽然是个独眼龙，却不妨碍他把指挥棒使得游刃有余。他的一只眼珠是个玻璃球，传言说是在一次演习中出了事故。

十二月间，我们时不时前往迈普的许愿寺进行拉练，其实就是持续两个钟头的漫长徒步。在军乐队的带领下，我们从学校出发，按照年级由高到低排列，也就是从五年级（因为我们是职业技术中学嘛，比一般学校多一年）[1]排到一年级。人们拥到街道两侧向我们问候致意，好些阿姨婶婶还送来橘子给我们解乏。母亲也经常出现。她停好车，到队末找到我，然后回到车上听听歌、抽抽烟，又一次把车开到队伍前，等着跟我打招呼。母亲有一头耀眼的栗色长发，是我们全年级公认的最美妈妈。这事儿其实多少让我有些尴尬，因为老有同学说，作为我这个丑小孩儿的妈妈，她实在是漂亮得过头了。

但丁也常来跟我打招呼，他总是大叫我的名字，这让我在小伙伴中挺难为情，大伙儿就连同我和但丁一起取笑。但丁是个有孤独症的孩子，比我们年长不少，大概有十五六岁了吧。他身高一米九，体重一百多公斤。有段时间，他自己老说："嗨！我体重一百零三千克。"数字总是这么精确。

但丁成天在村里游荡，努力分清哪些大人是哪些孩子的父母，谁和谁是兄弟姐妹，谁和谁又关系不错。在一个被沉默和隔阂统治的世界，这真不是件简单的事。但丁总是跟在别人身后说话，别人一加快脚步，他也随之加快，直到超过别人，他就会转过身来倒着走。每次听懂了点儿什么，他总是郑重其事地点点头。但丁大概是被父母遗弃的，跟一个阿姨住在一起，不过他从不提这事儿，每当别人问起他的父母，他总是眼神空洞。

---

① 智利的普通中等教育学制为四年，职业技术中学为五年。

# 三

除了学校组织的行军拉练，每天下午在家里，我也听得到军乐声，因为我家就住在布埃拉斯球场后边，其他学校的学生也会去那里练习。那儿几乎每个月都有各个乐队的比赛，所以我成天都听得到行军号，要说这是我童年的伴奏也毫不为过。当然了，这只是一部分伴奏，因为在我家，音乐的地位同样举足轻重。

我外婆年轻时是一名民歌手，最大的挫折来自一九三九年的地震[①]，那之后她无法继续施展歌喉，这将她的人生断然分裂，那年她才二十二岁。她无数次向我们讲起她吸入尘土后从梦中惊醒，发现家乡奇廉市已沦为废墟的经历。遇难者中有她的父亲、母亲，以及三个兄妹中的两个。剩下的那个把她从瓦砾中救出。

我父母从来不给我们讲故事，但外婆会。她总给欢快的故事安上伤感的结局，因为主角无一例外会死于地震。当然了，外婆也会给悲凉的故事编出欢乐的收场。在她看来，这就叫文学。有时，外婆讲到后头就哭了，而我和妹妹就在睡梦中——准确地说，是在没完全睡着时——听着她抽泣。另一些时候，讲到精彩处，外婆会被某个情节逗得哈哈大笑，那笑声极具感染力，于是我和妹妹也一齐笑

① 一九三九年一月二十四日晚，智利沿海地区发生八点三级地震，文中提到的奇廉是受灾最为严重的地区之一。

得睡意全无。

外婆还喜欢讲一些她自己老早以前编出来的双关语或俏皮话。她会说“理是裆热”而不是“理所当然”；如果有人喊冷，她会回应“不热就更冷”；她还说“如果要斗正（斗争），我们就斗正吧！”并自己回答：“想都别想！这是鱼的回答。”或单说“如鱼所答”，甚至简化为“鱼答”。其实那段子是这样的：“想都别想！”这是鱼的回答，因为有人问鱼，是想被煮了吃呢，还是想被烤了吃。

## 四

弥撒通常在玛特·普利西玛修女学校的体育馆举行，内容却是像白日梦一般展望那永远建不起来的新教区。因为工程实在太慢，当它完工时，我已经不信上帝了。

起初我和父母一起去做弥撒，后来开始独自前去，因为他俩去了另一所更近的修女学校。我父母都属于乌尔苏里纳教派，每次弥撒只有四十分钟，这是因为神父——一个总是骑着摩托来去的秃头小个子——乐于好心肠地把布道大而化之，甚至时不时做出“差不多就这样吧”的手势。他待我不错，不过我还是更喜欢玛特·普利西玛的神父，他留着一捧乱哄哄的白色大胡子，说起话来总像在呵斥责骂，夹杂着大量夸张的停顿，配着神父特有的激情澎湃又虚情假意的和善面孔。当然了，我也认识学校里的那些神父，比如系主任里蒙特，他是个肌肉发达的意大利人，听说年轻的时候还是体操运动员呢。他老爱用钥匙圈敲打提醒我们，让我们坚持训练。不过，其他人倒都觉得他和蔼慈祥。他的布道让我觉得沉闷不快，大概是因为太像说教，不够专业。

虽然似懂非懂，我还是挺喜欢弥撒的语言。每次神父说“主赐安宁与众生同在”，我都会听成“我一步不留、一步不走”[①]，然后我就满脑子琢磨着这种莫名其妙的静止状态。还有那句“我之寒舍，恐污尊足”，有一次我开门的时候对外婆说了，后来还对爸爸说了，结果他慈祥又威严地笑着回答我：“谢谢，这可是我的寒舍。”

玛特·普利西玛学校有一个六人合唱团，还配有两把吉他。他们特别出风头，因为连“感谢上帝”和“主啊，我们赞美你！”甚至包括“主啊，我们恳求你，倾听我们的心声！”这种话，他们都能唱出来。我的梦想就是加入合唱团。那时我刚满八岁，已经能把家里的小吉他弹得挺不错了，学会了拨弦，还知道琶音。虽然做弦枕的时候我还是紧张打颤，但不管怎么说，弹奏时我总能弄出个完整的音来，顶多音色不纯而已。反正我觉得自己够有底气，于是在一天早上的弥撒之后，我抱着吉他凑近了合唱团的成员们。他们居高临下地打量着我，大概觉得我还太嫩，也可能是他们已经自成一体。不过他们既没拒绝，也没接纳我。“我们得先测试你一下。”一个吊着眼袋的红发女人抱着一把大号吉他，有些不屑地对我说。“那现在就测吧！”我请求。我早就练

---

① 西班牙语中两句话发音相近。

习了好几首歌，包括《我们的主》，配的是《寂静之声》[①]的曲子。可女人不同意。“下个月吧！”她推脱。

## 五

我母亲从小在对披头士和一大堆智利民歌的崇拜中长大，后来，大概在八十年代初，又爱上了阿达莫[②]、桑德罗[③]、拉法埃尔[④]和何塞·路易斯·罗德里格斯[⑤]的流行乐。在与保罗·西蒙[⑥]和阿特·加芬克尔[⑦]二人在中央公园演出的音乐会专辑邂逅前，母亲曾一度没有新的——她所谓的“新的”——偶像。那张专辑——在我看来，是“彻底地”——改变了她的生活：一夜之间，以迅雷不及掩耳之势，家里就堆满了唱片，全是一碟难求的那种。母亲还开始学英语，大概就为了听懂歌词。

我还记得她听过包含了几本图册和几十盘磁带的BBC

---

① 《寂静之声》是美国电影《毕业生》的主题歌，也是后文提到的西蒙和加芬克尔的成名作。

② 萨尔瓦多·阿达莫（Salvatore Adamo，1943—　），意大利男歌星。

③ 罗伯托·桑切斯（Roberto Sanchez，1945—2010），又称桑德罗（Sandro），阿根廷创作歌手。

④ 米格尔·拉法埃尔·马尔托斯·桑切斯（Miguel Rafael Martos Sánchez，1943—　），西班牙歌手、演员。

⑤ 何塞·路易斯·罗德里格斯·冈萨雷斯（José Luis Rodríguez，1943—2014），委内瑞拉歌手、演员。

⑥ 保罗·西蒙（Paul Simon，1941—　），美国歌手。

⑦ 阿特·加芬克尔（Art Garfunkel，1941—　），美国歌手，与保罗·西蒙成立了音乐二人组合“西蒙和加芬克尔”。

英语教程，也在家自学过另一些英语教材，像什么《学英语三宝典》之类。这套教材有一红一绿两个小盒子，里面各有一个练习本、一本书和三张光盘。我总是坐在母亲身旁，心不在焉地听着那些英语。至今我还记得一些片段，比如男声说“这是我的眼睛”，女的就回应“那是你的眼睛”。最搞笑的是，男声问：“这是铅笔吗？”女声答：“不，这不是铅笔，而是钢笔。”而随后当男声问：“这是钢笔吗？”女声又答：“不，这不是钢笔，而是铅笔。”

印象中，我每次回家，客厅里都响着阿特·加芬克尔或保罗·西蒙的歌。一九八六年，《雅园》专辑推出后，哪怕在整个智利，母亲都算得上数一数二的“西蒙铁杆粉丝”。她对歌星的生平轶事如数家珍，像是他和凯莉·费雪[①]的婚姻破裂啦、他在《安妮·霍尔》[②]里的出演啦等等。老婆突然间对音乐超过了对自己的兴趣，这让父亲惊讶不已，他可是只听听阿根廷桑巴曲的人，这事儿他接受不了。“我得有间自己的屋子。”有天晚上我听见母亲抽泣着说。她刚和父亲吵完架，因为母亲买来海报和照片贴在卧室墙上，父亲勃然大怒，难以忍受正对着双人床的墙上全是别的男人的头像。

## 六

每年春天、有时直到夏天的周末，我们会和叔姨兄弟

① 凯莉·雷诺兹·费雪（Carrie Fisher，1956—　），美国演员。
② 伍迪·艾伦执导，曾获一九七八年奥斯卡最佳影片奖等奖项。

去十五号山放风筝。这还真是个技术活儿。我小时候，父亲一向是在两棵树之间用碎玻璃加工风筝线，后来他弄来机器，在家就能做，工艺还挺复杂。风筝也是父亲在家自己做的。其实那时候他肯定经常解决各种电脑难题，可我对他工作起来的印象却停留在他孜孜不倦地试图制造出一个完美风筝的那些夜晚。

让风筝飞高点儿我自然高兴，但我还是宁可用棉线放风筝，因为虽然与吉他弦的磨合已经让我的手指头有了些老茧，可每次用玻璃线，我还是会弄伤指头。其实放风筝是该用玻璃线的，这也是游戏的关键所在：让风筝翱翔天空，笑傲对手。比起我表兄罗德里格每天下午都能勇猛割断几十只风筝线的战绩，我通常只能勉强把风筝送上天，还说不准啥时候就不听使唤了。虽然大伙儿很快就对我失去了信心，但我还是一直努力尝试。

我们总是带着一只大盒子，里面装着几十只鲜艳夺目的风筝，有些是父亲做的，有些是从他的一位以做风筝为生的朋友那儿买的。我喜欢跑到远离大伙儿的地方，有时候我根本懒得放风筝，只是带着风筝和线团一连几个小时躺在草地上。也是在那一阵，我看着空中断线的风筝那捉摸不定的飞行轨迹，抽上了人生中的第一根烟。“这只火鸡多少钱？”一天下午，有人这样问我。原来是教堂的侍童毛里西奥。我把火鸡风筝卖给了他，随后又卖了另外几只给他的兄弟和兄弟的朋友们。

毛里西奥满脸雀斑，看着滑稽，可是如果脱去白色袍子，我却认不出他。我一无所知，概念混淆，认定侍童大概就是年轻一点的神父，幽居教堂。毛里西奥告诉我并非如此，还说他喜欢别人称呼他“司铎”而不是“侍童”。他邀请我去帮忙做弥撒，因为另外一位司铎要走了。他问我是否已经领过圣餐，我也说不清为什么，回答说领过，其实根本就是骗人，那会儿学校里还正在组织这事儿呢。我到现在都不知道，领过圣餐是不是成为侍童的条件之一，只是，就像对生活中很多别的事情一样，出于直觉，我撒了谎。我告诉毛里西奥我会考虑，但自己原本就一头雾水。回家后，大家发现了我做的风筝生意，不过也没人批评我。

## 七

我还巴望着眼袋阿姨来测试我呢，可我每次向她问起，她总有一大堆借口推脱。我记得，为了引起她的注意，我还告诉过她《我们的主》最好的版本是英语版。“不可能比我们的歌词更好！”她反驳道。不过我好歹激起了她的好奇心，因为我走的时候，她问我英语版的歌词都讲了些啥。“讲的是寂静之声。”我答得特别有把握。

我等得烦透了，于是在十五号山上认识毛里西奥一两周后，我告诉他和神父，我想成为司铎。神父用怀疑的眼光打量着我，从头到脚审视了我一遍，然后同意了。我乐不可支。我不用在弥撒中唱词，但作用可以说更为重要。我也没有军乐队的白裤子，不过要穿白长袍，腰上牢牢系着腰带。毛里西奥说他会借我服装。说不清为什么，我在家里压根没提这事儿，大概只是因为不想家人来看我吧。

## 八

第一次在弥撒中做辅祭员时，一连好几分钟，我都带着报复的心情，用余光瞟着角落里的眼袋阿姨，她才不愿瞧见我的胜利呢。当时，我好不容易才能在这些自己尊敬、信仰的仪式中集中精力，可如今，我对祭坛上那些仪式、伴唱和气味的印象都已模糊。有好一阵，像是在敲钟，或是帮助神父致候礼的时候，我觉得可骄傲了。不过厄运立即降临了，当神父给毛里西奥授完圣体，就轮到我了。本来我打算告诉他我已经很久没有忏悔了，不能领圣餐，可是弥撒前我把这事儿忘到了脑后，此时已经来不及说了。我试图做个信徒们瞧不见，但能让神父会意的手势，可我失败了。神父往我嘴里塞满了无酵饼，我的感觉和所有人一样：味同嚼蜡。当然了，这时候我也管不了味道，只觉得自己恐怕会被闪电劈中而死。我跟着毛里西奥，寻思着如何坦白自己的罪孽，不过倒是他高兴得很，为我在弥撒中的表现不住向我道贺。

我们到了毛里西奥位于玛特·普利西玛学校附近的家。家里只有他和哥哥。他哥哥请我吃午饭，我们吃了辣腌肉，还听了巴勃罗·米拉内斯[①]的歌，我也由此知道了《岁月》，我觉得这歌很搞笑。我们也听了《你不在的空隙》，这首我觉得不错。我们还用录音机和一盘九十分钟还是一百二十分钟的磁带把每首歌录了三遍（“太好听啦！让人总想马上重听一遍！”毛里西奥这样跟我解释）。

兄弟俩边吃边扯着嗓子唱，毫不羞涩地炫耀歌喉，连嘴里包着饭都停不下来，这可乐坏了我。要是有人在我外婆跟前唱歌跑调，她会用故作神秘但其实足以让每个人都听得到的音量说些诸如“貌似这儿可不是歌剧院哦”或“今儿个我们还没调好嗓子吧”或“这个女高音怎么听着像大胡子男声啊”之类的话。现在，没有外婆在这儿调侃兄弟俩，他俩纵声歌唱，无拘无束。看得出来这些歌对他俩来说意义非凡，已经被翻来覆去唱过好多遍了。

我们用勺子挖着冰激凌吃，我注意到《信仰》的歌词：“我信任你 / 成长感悟时 / 遭受磨难时 / 环顾四周 / 我亦这般信仰。”这歌的结尾让我听不明白，明明是首情歌，结尾却是“革命”。哥儿俩唱得声情并茂：“我信仰你 / 革命！”

虽然我是个对文字敏感的孩子，但那毕竟是年仅八岁——有九岁吗？——的我第一次留意“革命”这两个字。我问毛里西奥这是不是一个人名，因为我猜想，也许

① 巴勃罗·米拉内斯·阿里亚斯（Pablo Milanés Arias，1943—　），古巴作曲家、歌手、吉他手。后文提到的《岁月》《你不在的空隙》和《信仰》均为其作品。

被歌唱的女人叫这名儿：张革命、王革命啥的。兄弟俩大笑，包容地看着我。“这可不是名字，”哥哥回答，“你真的不知道‘革命’？”我回答说不知道。“那你可真是拎不清。”

大概是因为“命”和“清”两个字押韵，我能听出这是句玩笑话。随后哥哥给我上了一堂智利和拉美历史课，我恨不得一字不漏全记下来，却只留下了别扭和茫然的印象，深感自己的愚昧。我对这世界真是一无所知啊，真的。哥哥出门了，我在家跟毛里西奥一起看电视，然后开始互相手淫，彼此抚摸。在我们那些年的交情中，我们再也没做过这样的事，也没再提起过。

## 九

我到家时，天已擦黑。平时我并不祷告，那晚却祷告了好久——我需要上帝的指引。一天之内，我就犯下两桩滔天大罪。不过，比起和毛里西奥的淫乱，我还是更担心我那不靠谱的圣餐仪式。

外婆看到我一直跪在客厅的一尊耶稣像前，忍俊不禁。我问她笑什么，她叫我别小题大做，念念《天主经》便足以解决问题。外婆从不做弥撒，认为神父都是些门外汉，但她却深信上帝。“没必要祷告，”那晚，外婆跟我讲，“只要在睡前跟耶稣随意聊聊就成。”不过在我看来，这行为可真是古怪瘆人。

虽然在教会学校学习，我却没觉着学校有啥宗教意味。我特别反感学校强制要求我们做弥撒，也讨厌主教学楼旁边的教堂里那些个惹人心烦的仪式。我们的第一次圣餐就是在那儿，学校还给我们准备了一堆愚蠢的问卷，把这事儿搞得跟背交通规则一样。第二天一大早，一向调皮捣蛋的我却在课间休息时决定忏悔，至少，我得找位神父聊聊。于是我朝里蒙特神父的办公室走去，他正在全神贯注地检查账本，试图把账做平。他抬起目光，威严地打量着我，我战战兢兢，一句话都不敢说。“我知道你来干吗。”他开口了，我吓得瑟瑟发抖，想象着连神父都不知道要怎么跟上帝交代这事儿。我大脑一片空白，就跟晕死过去没什么两样。“不可能，”里蒙特最终下了结论，“所有学生都来求我这事儿，你还太小了，不能参加军乐队。”听完，我如释重负，扭头向教室跑去。

我记得在同一天，主管教师和一位我不记得名字的神父带我们去了智障儿童福利院，目的在于让我们懂得我们是多么幸运，为此甚至还设计了专门的情节：福利院的孩子们挨个接受老师的爱意，不过他们并没有肢体接触——“我们爱你，乔纳丹。”这是老师对一个歪嘴斜眼、鼻涕长流、嘟嘟哝哝的孩子说的话。孩子们一个比一个可怕，最后出场的是露西：一个挤在小女孩躯体里的四十岁女人。神父摇铃铛时，她跟着咧嘴，这就是她对外界的反应。我想起了但丁，虽然村里人都叫他白痴，可跟这些人比起来，他真是再正常不过了。

在那天之前，我觉得但丁和电视慈善节目里的孩子们已经够遭罪了，觉得他们就是无穷无尽的恐惧和噩梦之源。每年，我和姐姐都会看完整个节目[①]，直到沉沉睡去。跟所有孩子一样，我们接下来一整个星期都会设想着要是自己缺胳膊少腿该怎么办。

## 十

“这不算什么。”一九八五年地震[②]后，外婆抱着我说。几个月后，我们回到学校，被安排到体育馆后面临时搭建的教室里，在那儿一待就是一年。

老师也是新来的。他做的第一件事是介绍自己的名字：胡安·路易斯·莫拉莱斯·罗哈斯。他低声平稳地重复了一遍、两遍、三遍……二十遍。“现在，诸位，”他要求道，“请跟我念：胡安·路易斯·莫拉莱斯·罗哈斯，胡安·路易斯·莫拉莱斯·罗哈斯，胡安·路易斯·莫拉莱斯·罗哈斯……”于是我们就开始念他的名字，越来越大声，越来越放肆，或者说，我们在试探是否有声音的上限。很快，老师像乐团指挥，或者说像享受着粉丝跟唱的歌手那般挥舞起双手，我们就开始连叫带唱。“现在我相信，你们这辈子也不会忘了我的名字。”我们闹得筋疲力尽时，老师只说了这样一句话。在学校的那些年，那是我记得的最开心的时刻。

几个星期后，也可能就是在当天，胡安·路易斯·莫

① 指智利的一个马拉松式电视慈善募捐节目，该节目开始于一九七八年。
② 一九八五年三月三日，智利中部发生七点四级地震。

拉莱斯·罗哈斯向我们讲解什么是选举，什么是总统、副总统、秘书长和财政部长的义务。在辅导课上，他要求我们每人列一个单子，讲讲自己的难处。一开始我们什么都想不出，然后有人提到为什么不让四年级的学生加入军乐队。接下来大家提议把所有愿意参加的人列出名单，去跟里蒙特神父谈判。我正要举手，又迟疑了。那时我清楚地意识到，我已经不想加入军乐队了。

## 十一

那段时间，母亲的一位朋友告诉她，曾看到我辅助弥撒。“怎么可能！”我反驳。不过还有别的人也这么说，于是母亲又一次问我。我依然否认，说自己也看到过跟自己长得一模一样的司铎。“我就是张大众脸呗。”我对母亲说。

当我终于有机会向里蒙特神父忏悔时，我压根儿没想到要提起我已领过圣餐，或是和毛里西奥淫乱。我接受了在学校的第一次圣餐——实际上大概已经是第三四十次了——终于可以光明正大了。父母都出席了仪式，向我赠送礼物，我想，当时的我才真正感受到了这种双重身份的沉重。我继续背着父母在玛特·普利西玛辅助弥撒，直到一九八五年冬天，在一场紧张忙碌的弥撒之后，神父严厉地斥责了我们，说我们心不在焉，哗众取宠，毫无章法。这些话我听着实在刺耳，大概是因为我隐隐感到，神父是在作秀，并非一切都是圣光普照，并非一切都有所谓的神的旨意或精神震撼。我想，大概也是从那时起，我对于宗教的信念开始破灭。但无论何时，我从未认真妄言上帝的存在，大概也是因为从那以后，我开始天真、执着而又心无杂念地信仰文学。

## 十二

一九八六年九月，皮诺切特遇袭[①]后，但丁开始问村里人是左派还是右派。好些邻居对这问题唯恐避之不及，另一些则淡然一笑，加快脚步，也有人反问但丁，他认为什么是左派，什么是右派。不过但丁从不向我们小孩儿提起这个，他只问大人。

我和毛里西奥依然是朋友，我会去他家听米拉内斯的歌，不过更常听的还是西尔维奥·罗德里格斯[②]、薇奥蕾塔·芭拉[③]、印第·伊玛尼[④]、奇拉帕云[⑤]等，也时不时听他和他哥跟我讲什么是革命，什么是社区义工。从他们口中，我头一回知道了独裁的牺牲者，尤其是那些被逮捕后的失踪者、遇害者和受难者。我听得一头雾水，有时随兄弟俩一同感到愤怒，有时又不免怀疑，并且老是觉得自己落后、

① 一九八六年九月七日，皮诺切特在从郊外别墅返回首都的路上遭到伏击，死里逃生。

② 西尔维奥·罗德里格斯·多明戈斯（Silvio Rodríguez Domínguez，1946— ），古巴创作歌手、吉他手、诗人。

③ 薇奥蕾塔·德·卡门·芭拉·桑多瓦尔（Violeta del Carmen Parra Sandoval，1917—1967），智利创作歌手、艺术家。

④ 印第·伊玛尼（Inti-Illimani），智利音乐组合，成立于一九六七年。

⑤ 奇拉帕云（Quilapayún），智利民歌乐队，成立于一九六五年。

无知、弱小、疏离。

我试图有一个立场。最开始我老是变卦，毫不坚定，就跟伍迪·艾伦电影中的“变色龙”似的，为适应而适应，只想站个队。如果兄弟俩是左派，我也可以是，就像到了家里我就变成了右派一样。不过我父母也并非真正的右派，准确地说，在家里我们不谈政治，除非母亲感叹在人民联盟①执政期间，给妹妹买牛奶是多么艰难。

我看出，站队的好办法就是保持沉默。我懂得，或者说开始懂得，新闻背后隐藏着真相，而自己只是电视中毫无立场的顺民中的一员。那段时间，我对“遭罪”的理解变成了担心成为父母被杀害的孩子，或是除了几张黑白照片外，根本没见过父母的孩子。虽然我总想着离父母远远的，但失去他们依然是我能想到的最痛苦的事。

## 十三

“关键不在于记得 / 第一次圣餐 / 而在于最后一次。”克劳迪奥·贾科尼②在一首诗中这样写道。我写完了。

## 十四

一九八七年初，教皇访问智利，我再次领略到宗教的

① 智利左翼政党，萨尔瓦多·阿连德曾代表该党赢得智利一九七〇年大选。
② 克劳迪奥·贾科尼（Claudio Giaconi，1927—2007），智利作家。

狂热，不过这份狂热并没持续多久。这年年底，我刚满十二岁，得知我会转学。我并没能借助吉他崭露头角，却靠着演唱《多余者之歌》[①]在学校艺术节上获得了一等奖，成就了我音乐生涯的巅峰。二等奖的同学用一副完美无瑕的金嗓子演唱了《让她住手吧》[②]。我都不知道自己怎么会赢了他。那时我正在变声期，连找准调子都吃力。我也不懂自己唱的什么。他也不懂自己唱的什么。

一九八八年三月，我进入了国立中学。没过多久，民主时期和我的青春期同时降临。青春期倒是真的，民主就未必了。

一九九四年起，我在智利大学学习文学专业。那时，家里有台亮闪闪的黑色电脑，我有时会用它写论文，或写几首小诗，再打印出来，但我总是会删除存档，不想留下任何痕迹。

一九九七年底，我住在国家体育场对面，靠救济金过日子，跟父亲的关系也一团糟。我不肯接受他的钱，只收下了他坚持要送给我的一台用过的笔记本电脑。不过，就算他不那么坚持，我还是会收下的。恰好我最喜欢的一张专辑就叫《好吧，电脑》[③]。我总是一边写作，一边不厌其烦地听《没有惊喜》。我什么都写，却从不写家里的事，那

---

① 囚徒乐队作品，发表于一九八六年，歌曲反映较低社会阶层的青少年在获取良好教育和就业机会方面的艰难。

② 西班牙情歌。

③ 百易音乐一九九七年发行的英语音乐专辑。

时，我把自己当成了一个无家可归的人，没有家人，没有房子，没有过去。偶尔我也听听西蒙和加芬克尔的《我是一块岩石》，这还挺合情理，毕竟我过日子、思考的方式，还真就像歌里唱的：“我有我的书 / 我的诗可以保护我。”

一九九九年，父亲送我的那台黑色 IBM 笔记本电脑彻底解体了。键盘中央有个红色小按钮，相当于鼠标（不过行家都管它叫“阴蒂”）。我分期付款买了一台奥利德塔电脑。现如今我住在麦肯纳羊驼街五十八号一栋老旧楼房的地下室里。晚上，我做电话接线员的工作，下午就写作，透过窗户往外看奥罗西娅·桑切斯大街上行人们的一双双腿和鞋子。那年冬天，我既没有暖气也没有热水袋，好几个晚上都不得不抱着电脑取暖。

二〇〇五年，由于玻璃线引发的一连串事故，包括多年前的一桩摩托车手死亡事件，它的使用被禁止了。不过那时候，我父亲已热衷于用小虫子钓鱼。

二〇〇八年八月，外婆去世了。几天前，我和母亲一道整理了她写的故事，现在它们都存进了电脑里，用的是微软的 comic sans 字体，十二号字，双倍行距。我依然记得《妮内特》的开头：“这个故事讲述的家庭中，因为祖辈杰出，所以子孙们日益骄纵，只有那个小女孩例外。她是家里的独女，个性善良仁慈，在这个家里出淤泥而不染。”

今天是二〇一三年七月五日。母亲已经不再在卧室里张贴海报，不过保罗·西蒙的那张依然挂在墙上。今天早上，我和母亲还在电话里聊到了他，聊到他现在的生活，猜他跟伊迪·布里克尔[1]在一起是不是找到了幸福。我跟母亲说，肯定是的，要是我能跟伊迪·布里克尔在一起，我铁定也超幸福。

现在是晚上，故事讲到最后总是到了晚上。我一遍遍读着这故事，调整词句，确认姓名。我努力记起更多的事情；不但更多，而且更清晰。我剪贴、复制，放大字号，改变字体和行距。我想关闭这个文档，把它永远关在“我的文档”这个文件夹里。不过我还是要发表，哪怕故事其实并没结束，哪怕故事根本没法结束，我也要发表。

我父亲是台电脑，母亲是台打字机。

我曾是一本空空如也的笔记本，现在成了一本书。

---

① 伊迪·布里克尔（Edie Brickell，1966—　），美国创作歌手。

# 卡米洛

“我是卡米洛！”他在栅栏那头冲着我喊，还张开双臂，好像我跟他多熟似的，“你爸是我教父。”我瞅着他鬼鬼祟祟，像个危险人物。我可是大人了，才不会轻易落入圈套呢。这阴沉沉的天，他还戴着副墨镜，像个盲人。还有那衬衣，打满了摇滚风的补丁。“我爸不在！”我应道，没再多说，关上了门，不但没跟我爸提起这事，还压根儿把它忘到了脑后。

不过卡米洛说得可不假。我爸和他爸老卡米洛是好兄弟，曾一起效力于伦卡[①]队。我家里还有卡米洛命名礼的照片：小家伙脸上挂着泪珠，一圈亲友则庄重地盯着镜头。

好多年里，一切都平静无事。我爸是个称职的教父，对那孩子关心备至。可因为一场斗殴，在政变后几个月，老卡米洛锒铛入狱，随后被流放他乡。他原本盘算着跟朱莱阿姨和小卡米洛在巴黎团圆，阿姨却不乐意，于是这桩婚姻也就名存实亡。小卡米洛怀着对父亲的思念长大，等着盼着，攒着钱想去见父亲。十八岁生日那天，他决定，既然见不到父亲，好歹可以去瞧瞧教父啊。

我是在卡米洛第一次跟我们喝下午茶的时候，或者是

---

① 智利圣地亚哥西北部城镇。

那次之后没多久，开始慢慢听说、知道这些事的。眼下，我想理清头绪，脑子却一团乱麻。不过我能记得，那天下午，当我爸发现教子跟他的老朋友长得像是一个模子刻出来的，很是兴奋。“你俩长得真像！”他对卡米洛说。这话绝对不是恭维，因为卡米洛实在是长相平平，并非让人过目不忘。虽然他用了一大堆护发产品，想把发型弄得光鲜时尚，但他那硬邦邦的发质老爱跟他捣蛋。

虽然一开始没啥好感，我却很快发现，卡米洛真是最有意思的家伙。他迅速成为家里的贵宾、光彩照人的小伙子、真正意义上的兄弟。当他动身前往法国去实现儿时梦想时，我想的是：我的兄弟走了。那是一九九一年一月，这个我记得一清二楚。

*

我们所有人都喜欢卡米洛。我姐姐彻头彻尾地爱上了他，而我那做什么事都心不在焉的妹妹，总是目不转睛地盯着他，每回卡米洛离开，她都依依不舍。我妈就更不用说了，她跟卡米洛谈笑风生。按照卡米洛自己的话讲，他那段时间对宗教充满怀疑，我妈虽然算不得多虔诚，不过居然有人不信上帝也真让她大开眼界，于是她总是目瞪口呆地听着卡米洛的言论。

在我爸看来，卡米洛何止是教子，简直成为了一个伙伴、一个朋友。他俩甚至称兄道弟，常常在客厅天南海北地一通狂聊，只是不提上帝的存在这回事，因为我爸认定这是不容置疑的。另外，他们也不聊足球——卡米洛是我认识的第一个不喜欢足球的男人。对我这个狂热的球迷而言，这事儿特有意思，简直到了不可思议的程度。卡米洛甚至连踢球规则都不懂！他唯一参加过的一场比赛就让他声名远扬。那年他五岁，在圣米格尔运动场，由于对足球的全部理解都来源于电视上对进球的解说，所以那天下午，他在球场上没头没脑地瞎跑，为一个个根本不存在的进球欢呼，还乐滋滋地向观众致意，真是个足球白痴。

*

相对而言，我跟我爸的关系则与足球密不可分。我们从广播里收听比赛，从电视里观看比赛，有时也去现场看。每个星期天中午，我都会陪爸爸去拉法法纳区的球场练习扑球。这的确是项不错的运动，我还记得爸爸一跃而起、双手抱球、紧紧钳在怀里的样子。尽管如此，我却一直觉得，他的同伴们都看不惯他，因为我爸是那种喜欢发号施令的守门员，整场比赛都一刻不停地扯着嗓子喊："回防，傻 ×！接球！传球！传呀！防守，傻 ×！回防！"我无数次听到我爸犹如大敌当前般发号施令。他对我吼叫时——如果他真的吼过的话——从来不像足球场上那样声嘶力竭。他的队友们听到那些话一定满心厌恶，反正我是这么觉得的，谁能在这种一刻不停的吆喝里踢球啊。不过大家好歹还是敬重我爸的，我一直认为他是个不错的守门员。我常常喝着汽水或吃着巧克力脆皮雪糕站在球门后。有时我爸会飞快地瞟我一眼，确定我还在那儿，有时也会背对着我问我前方有没有情况——这就是我爸作为一个守门员的大缺陷了。事实上，因为这缺陷，他根本就不能当个专业的球员：爸爸近视严重，只能看到半场远。他那糟糕的视力跟他的勇气一样无与伦比，为此付出的代价就是右手骨折两次，左手一次。

中场休息时，我喜欢靠在球门边，思忖着球门其实挺大的啊，不禁一次次暗自发问：怎么会有人踢不进罚球呢？当然了，我爸是个扑球高手，每三四个球总能扑出一个。他从不提前跃起，总是伺机等候，但凡射门不是完美无瑕，他必定能够扑出。

*

我记得有次郊游时，卡米洛发现了我爱在电线杆之间拼命眨眼的毛病。我到现在还这样，改不了这习惯，连开车时也不例外：一到公路上，我就小心翼翼地眨眼，试图找到两根电线杆的中点。那回，在雪佛兰的后座跟我姐姐妹妹疯成一团的卡米洛发现我动作僵硬、全神贯注，同时又眨着眼、面露笑容。我的确很紧张，因为害怕出岔子。我偏执地认定，如果我在电线杆子间眨眼，我们就会安全。

如今，这些事儿都已无关紧要，可当年，这种奇怪的举动还是让我颇为苦恼，甚至连一些简单的动作都变得难以忍受。我觉得这多少算是种强迫症吧。跟很多小孩一样，我也爱一丝不苟地在走路时避开石板间的缝隙，万一不小心踩到，就会陷入一种莫名的绝望。自我封闭，被不幸的感觉包围，同时又觉得这种事情说出来真是荒谬得很。我还有个喜欢维持身体“平衡”的怪毛病，如果一条腿痛，我就捶另一条，让两边一样痛；或者是随着心跳的节奏耸动右边肩膀，像是有两颗心在齐齐跳动一样。我对数字、色彩，包括一些日常举止都有奇怪的癖好，比如在从游泳池到广场的那条阶梯上来回走九遍什么的。这本不算特别莫名其妙，起码还可以当成锻炼，我却非要较劲儿，想要隐瞒，反而搞得它不像锻炼：我会在最后一级台阶上停下，晃着头，装作忘了什么要紧事，再踩着刚才的步子返回。

现在说起这些，完全是因为卡米洛总是热心帮我。那回，在雪佛兰车里，当他看出我很紧张时，亲切地拍了拍我的头发，说了点什么。我记不得他的话了，但能确定是句特别温暖人心的话，充满鼓励又饱含深意。后来，我开始跟他说起我的这些个怪癖。他告诉我，我们每个人都与众不同，我的这些奇怪举动也许并无特别，或者说，就算特别也不打紧，因为平凡之人难免让人生厌。

*

我可以用好几大篇文字来描述卡米洛在我生活中的重要性。这会儿我想起的是，卡米洛曾通过雄辩有力的说辞，为我赢得了人生中第一次去听音乐会的机会（我俩一起去赛里约区的堂奥廖内学校听诡器乐队[①]的演出）。除此之外，卡米洛还是第一个读我写的诗歌的人。

我从小写诗，当然了，这是不足为外人道的秘密。这些诗都乏善可陈，我自己却颇为珍视。卡米洛读过后，对我肃然起敬，随即又指出，当下的诗歌可都是不押韵的。这话叫我大吃一惊，在我看来，天下诗歌一个样，因循守旧，循规蹈矩。不过这对我来说该是个好消息，因为我常常为了韵脚而绞尽脑汁，又模模糊糊地懂得不能老用千篇一律的字词。尽管如此，我对这话还是半信半疑，毕竟我从没读到过不押韵的诗。

我问卡米洛诗歌和小说的区别在哪儿。当时我俩在泳池边，躺在阳光下，按照卡米洛的说法，像是在进行光合作用。他用训诫的眼光盯着我，告诉我说，诗歌跟小说截然不同——小说大抵无聊，诗歌则满是疯癫、狂野，是极端感受的激流。他就是这么解释的，或者说，大体上是这意思。在这件事情上，不去虚构记忆，或不循着记忆的芬芳而去，真的是太难了。不过卡米洛的确讲了这些词：疯癫、狂野、感受。“激流”可能没说，不过“极端”倒是有。

回家路上，卡米洛拿出我的本子，开始写诗。他用了大概半小时写了十来段文字，还念给我听。我完全听不懂，便问他别的人是不是都能懂。他说也许大家都不懂，但这

① 诡器（Aparato Raro），智利乐队，成立于一九八四年，解散于一九八八年。

并不重要。我又问他想不想出诗集。他说想，说自己一定会出的，但这并不重要。我问他那什么才重要，他说了这样的话，或者说，这是我理解的内容："重要的是表达情感，展现自己热情、有趣，甚至是有些脆弱的一面；展现一个无所畏惧的人，一个接受自己女性化层面的人。"这绝对是我第一次听见这样的说法：女性化层面。

然后，不知道过了多久，卡米洛问我喜欢男人还是女人。我心里一惊，因为我倒是有喜欢的男人，不说别的，卡米洛就是嘛，但我也清楚得很，自己更喜欢女人，喜欢得多。"我喜欢妹子。"我答，"喜欢到爆，她们多妖娆啊。""好吧。"卡米洛严肃地回答，随即又补充说，如果我喜欢男人，也没啥问题，这种事儿也是有的。

*

那天下午，我在普罗维登西亚区的拱桥上抽着烟，想起了卡米洛。当年我就知道，那不是一根普通的香烟，但也并不确切懂得它的意义。"这烟，小孩儿抽太烈了。"我跟卡米洛讨烟时，他这样推辞。那时我已经开始时不时来上一支。当时大概是一九八六年或一九八七年初，我十来岁。我记得这个是因为那会儿我还没怎么去过市中心或普罗维登西亚。随后，我们去买了传声头像乐队[①] 刚刚发行

---

① 传声头像（Talking Heads），美国乐队，成立于一九七五年，解散于一九九一年。

的专辑《真实故事》。

“我们得把你的问题给解决了。”那天早上，边往草坪中央走，卡米洛边跟我说。我眼里自己的问题太多了，何止一个，于是我问他是哪个问题。“你的胆量。”他答道，“女人可不喜欢胆小鬼。”我那时候的确胆小，我说的胆小是真正意义上的、单纯的胆小，不像现在，所有人都胆小怕事，招人耻笑——如果某人不跟你打招呼，大家会说他胆小，可如果他杀了自己老婆，也是因为胆小；如果他炸毁了一座村庄或是去竞选议员，如果他不考虑旁人就把盘里最后一团巧克力酱吃得精光，通通都是因为胆小。我指的是另一种胆小：说话吞吞吐吐，迟疑不决，自我怀疑，更别说我的那些个奇怪的习惯了。

“我会帮你的，”卡米洛说，“我给你上一课。你别怕，你啥都不用做，不管我干啥，你都只管跟着我，一直待在我边上就成。”我茫然地答应了。在那之前卡米洛一直在给我讲一些老掉牙的笑话，可这会儿他提高音量，几乎大吼着讲出来。我明白了，所谓的上课，就是要我也笑得跟他一样放肆，这对我来说真不简单，但我还是试着去做了。可接下来，我们下公共汽车时，他又跟我说这不是上课的内容。

然后我们上了桥，停在桥中央。卡米洛静静地抽着烟，我在一旁看着浑浊湍急的河水。水流比往日大了些，我聚精会神地看着，看得太入神了，完全沉浸在景色中，恍惚间竟有了这样的错觉：河水是静止不动的，我们则置身行进的小舟之上——其实到那时为止我还根本没坐过船。就这样过了好长时间，可能有十五分钟、二十分钟，我也搞不清楚。“我们去坐船吧！”我对卡米洛说，还跟他解释了我刚才的感受，解释得特别吃力。一开始，他没弄明白，但很快他自己也有了同样的感受，于是发出惊讶莫名的吼叫。在他不住惊呼“不可思议！不可思议！不可思议！”的时候，我们都继续盯着那河水。

随后，我们朝普罗维登西亚走去。他跟我说，现在他很敬重我，还郑重补充道：“之前你就跟我处得好，我俩关系不错，现在我还挺敬重你。”走到一个角落里——好像是卡洛斯·安图内兹酒店那条街的街角——卡米洛轻轻用脑袋做出一个表示“现在行动”的果断示意，就势躺到了地上，捧着自己的肚子开始放声大笑。周围很快围起一圈人，我想赶紧溜掉，但明白这就是卡米洛要给我上的课。直到来了五个警察，卡米洛才收起大笑。警察问他怎么回事，卡米洛开口前还对我做了个“通过”的手势，因为我一直在他身边，甚至还跟他一起笑了，好像我是他的一个腼腆的朋友，但也不至于腼腆得为此害臊。我看着警察阴沉严肃的脸色，卡米洛则在一旁前言不搭后语地编造解释。他说起了我，说起了我的胆小，还说给我上这一课是多么必要，是为了让我成长。卡米洛扰乱了公共秩序，我们那时可是在独裁时期，但他居然说服了警察们放我们走，只是作出了“再也不在公路上大笑”的荒唐承诺。

“我快气死了。”卡米洛后来跟我说，也可能是他有些忧虑，在自言自语。我们去了音像店买唱片。那家店华丽而又独特，跟我去过的都不一样。老板把《真实故事》拿给我们时，卡米洛为我翻译了《抛售爱情》的开头，不过显然有几句是他编的，因为他不太会英文。我接过包装盒，看着红白相间的封皮，对卡米洛做了一个跟刚才一样的示意："现在行动！"他看我的一瞬间有些慌张，而我根本没多想，直接拿着唱片跑出了音像店。我们躲着人群飞快地跑了好久，像疯子一样放声大笑。

那天下午有场球赛，我不记得是哪一场了，总之是国家队的比赛。卡米洛留下来跟我和爸爸一起看比赛。爸爸很惊讶，问他为什么。"我没有爸爸，你是我教父，你得教我点儿和足球有关的东西。"卡米洛边说边朝我挤眼睛，"不然，我可就成娘炮了。"

于是卡米洛就养成了和我们一起看球的习惯，我并不确定爸爸是否感到愉快，因为卡米洛问的问题实在太小儿科，很快就让我们有点厌烦了。

*

一九八七年十二月四日，我犯下了一桩大错。囚徒乐队[1]刚发行了他们的第三张专辑《垃圾文化》，我想要得发疯，却一个子儿也没有。我盘算着再去偷一张，又觉得不大

① 囚徒（Los Prisioneros），智利乐队，成立于一九八三年，解散于二〇〇六年。

可行，毕竟当时传声头像那事儿完全是一时兴起。我想到了一个更好的主意：音像店的出口正对着慈善机构，我干脆假装为残疾儿童募捐好了！于是我就这样去了广场，骗钱买了唱片。

但我感觉糟透了。我把自己关在屋里听唱片，觉得每首歌都跟我的罪行有千丝万缕的联系。我决定忏悔，却又不敢面对神父的反应。“跟我忏悔吧！跟神父说你的事儿干啥呢！何况，我直说了吧，手淫可不是啥罪过，我看，恐怕耶稣也想着圣女马利亚[1]打过飞机吧！”

我简直要笑岔了气。我这辈子都没听过这样的异端邪说。客厅餐桌上有一尊耶稣像，从那以后，我一看到他就会想象这是他高潮之后的样子。不过，我同样从未觉得手淫是罪过。当我跟卡米洛说了我干的事儿之后，他劝我别担心，说慈善节目光靠赞助商也能完成使命，而我可能真的“需要”这张唱片，我做的也没什么大不了。“我不懂。”我回答。“好吧，”卡米洛下了结论，“如果你还觉得自己有罪，你就念‘求主赦免’。”

*

“你的教母呢？你见过你的教母吗？”有天早上，我问卡米洛——那段日子他经常睡在我家客厅，起得很早，去

---

① 指马利亚·玛格达莱娜（Mary Magdalene），耶稣的一位忠实信徒。

市场买个西瓜，夏天嘛。他说见过，而且那人一直是他妈妈的好朋友。“你呢？有教父教母吗？”

“有，是我的姨母和舅舅，就是我妈的兄妹。”

“那管啥用，”卡米洛应道，“就该找外人嘛。姨母和舅舅本来就会送你礼物。我看我爸可以给你当教父。”他认真地说，“我见到我爸时就请他做你的教父。”

*

卡米洛非要我们教他踢球，有时我们就在小巷子里踢着玩儿。但我爸不乐意了，说卡米洛根本不专心，说他并不是真正爱好足球。我们仨也去过圣劳拉球场，看智利大学队和流浪者队的淘汰赛。让我和我爸生气的是，卡米洛选择支持智利大学队，只因为那是他爸曾经的球队，虽然他根本连队员的名字都叫不出来。他享受大伙儿都在球场里欢呼呐喊的场面，但对于众人对裁判的粗暴态度深感震惊，于是他决定为裁判撑腰。一开始大家都觉得他犯神经病，不过听卡米洛说话也真的搞笑，每当裁判判罚或掏牌，他都起身高呼：“好样的！先生！英明的决定！”

接下来有场科洛科洛球队跟奥达斯球队的比赛（如果我没记错的话）。我特别喜欢伊西斯、维拉、卡斯泽利和奥拉西奥·西玛多内，也有看不惯的球员，比如克里斯蒂安·萨维德拉（我也说不上原因），尤其是马里奥·奥斯本，因为当时我的“头号偶像”是罗伯托·罗哈斯，还有同样说不清原因的教练佩德罗·加西亚，他们轮流享有这一头衔。所以，当我看到坐在长椅上的“秃鹰”[①]越过栅栏、走进球场、冲着加西亚嚷嚷时，我快气疯了，大声叫骂起来。在家里是严禁说脏话的，不过在球场上嘛，规矩可就宽松多啦。

崇拜罗伯托·罗哈斯是天经地义的事，全体智利人都把他奉若神明。另外，这还同样是假装崇拜我爸的一种表现嘛。我可是太理解守门员这位置了，对各种扑球姿势了如指掌，坚信守门员的责任是最为重大的。有时我自己也当守门员，会努力向自己的偶像靠拢，或至少表现得像我爸——除了大喊大叫。可惜的是，在我加入科布雷索少年班基础队时——就在同一个训练场里，超级新星伊万·萨莫拉诺[②]正冉冉升起——我想选择的位置是中锋而不是门卫，因为我害怕自己跟他们不是一个档次的。

*

为什么卡米洛跟我们在一起的时间那么多？当然，一方面是因为我们都喜欢他，同时也因为他在自己家待得不

① 上文中提到的球员罗伯托·罗哈斯（Roberto Rojas，1957— ）的绰号，“秃鹰”是智利的国鸟。

② 伊万·路易斯·萨莫拉诺·萨莫拉（Iván Luis Zamorano Zamora，1967— ），智利球员，职业生涯成绩显赫，在皇马时赢得过西班牙联赛的赛季最佳射手称号，在国际米兰踢球时期帮助球队夺得一九九八年欧洲联盟杯的冠军，并于一九九八年代表智利队参加了法国世界杯。

开心。好像他自己都咬牙切齿地这样讲过，他因为宗教问题、政治形势跟他妈恶言相交。公民投票[①]前，反对皮诺切特的集会卡米洛每场必到，这让他和他妈之间冲突不断。他希望反对党赢得大选，因为他恨皮诺切特政府，还觉得反对党一旦获胜，他爸就可以回到智利。事实上，他爸并不想回国，至少，朱莱阿姨一直是这样跟卡米洛说的："你爸有新家、成外国佬儿啦！才不会想起你呢。"其实卡米洛的爸爸一直在给他写信、寄钱，还不时打个电话。

朱莱阿姨为人强势，但唯一去她家那次，她倒是待我们不错。我和卡米洛同母异父的兄弟姐妹们玩祖玛游戏时，她给我们做了夹心面包和香蕉奶昔。看到卡米洛在自己家像是个外人，我觉着挺别扭。我记得，进到他房间时，我觉得那屋子简直不像有人在住。我的姐姐妹妹跟我都喜欢在房间里贴海报或各种画，可卡米洛的房里完全没有这些。看到四堵白墙，上面连枚挂照片的钉子都没有，我真是瞠目结舌。

你问卡米洛是学什么的？对了，他在城市科技大学（那个时候还叫圣地亚哥职业学院）学什么工程技术。他考了三次才考进大学。我记得他来找我爸商量过，向他讨点建议。其实他并不喜欢念书。有回他想给我补习数学，却半途而废，本来嘛，这也是没必要的事。我也不知道他平

---

① 智利军事独裁首脑奥古斯托·皮诺切特的军政府用残暴高压政策镇压异己，引起大量不满，面对国际压力，被迫于一九八八年举办公投，由人民决定是否由皮诺切特继续下一届八年任期。

时读不读书，应该还是读的吧。我记得，他跟我谈起诗歌的时候，提到了兰波[①]和波德莱尔[②]这两个“恶棍诗人”，也不知道他是不是要读这二位的作品，总之他倒是提起过一些作家。

好多次，从“现在”这个显得似乎还算稳定的角度看来，我都觉得，卡米洛是不够成熟的。真的，他并不成熟。或者说，他有着自己直觉、单纯、敏感的一面。

罗伯托·罗哈斯在巴西假装受伤，智利队昂首离开马拉卡纳球场时，卡米洛也在跟我们一起看电视。我们简直不敢相信自己的眼睛，卡米洛也惊愕不已。“狗日的巴西人！”我恶狠狠地骂道，试探着是否有人责备我说脏话，可没人理我。爸爸被悲愤笼罩，完全说不出话。卡米洛则立刻动身去了市中心，成为向巴西大使馆示威的人群中的一员。我想跟他一起，却被阻止了，只得憋在家里忍气吞声。

一段时间以后，人们依然对此议论纷纷，罗伯托·罗哈斯则在国际足联澄清经过，接受各式各样的采访，捍卫自己的清白。有一回，卡米洛来我家吃饭，说他已经不再认为罗伯托·罗哈斯是无辜的了。当时确实传言四起，但我爸和我都认为那些说法愚蠢至极，荒谬无比。爸爸轻蔑地、几乎是眼含恶意地瞪着卡米洛，说：“你没有资格表

---

① 让·尼古拉·阿尔蒂尔·兰波（Jean Nicolas Arthur Rimbaud，1854—1891），法国诗人，超现实主义诗歌鼻祖。

② 夏尔·皮埃尔·波德莱尔（Charles Pierre Baudelaire，1821—1867），法国诗人，象征派诗歌先驱，代表作有《恶之花》等。

态，你懂什么足球！”还说，“你真觉得罗伯托·罗哈斯会蠢到干出这种事？”可最终，当罗伯托·罗哈斯在一次访谈中承认他确实假装受伤，我们也只能接受现实，请求卡米洛原谅。他倒是满不在乎。

直到罗伯托·罗哈斯认错后好几个月，我还觉得这事儿不可思议。可时光流逝，我们都不再崇拜他，我也好久没有陪爸爸去训练了。没过多久，爸爸的右手遭受了最后一次骨折，医生要求他再也不要踢球。

*

一九九〇年中旬发生了一件大事：在经过了十年的申请后，我家装上了电话，分到的号码是5573317。工作人员来安装那天，家里只有我和妈妈。她做的第一件事是给一位朋友打电话，然后要我也打给自己的朋友。我没有别的任何号码，于是打给了卡米洛。那段时间，我们莫名其妙地不再来往。卡米洛听上去很兴奋，我请他来我家，于是几天后他就出现了。

这回见面，他打算调教我怎么跟女人搭讪。当时我十四岁，接过几次吻，但总的来说还是没什么女人缘。卡米洛告诉我他刚认识了罗雷娜，约过几次会，也上过床。他跟我讲解在床上要如何对待女人（“脱衣服要慢，可不能猴急。”我记得他是这么说的）。现在既然有了电话，他建议：“我给罗雷娜打电话，你在妈妈的卧室用分机听，瞧瞧我怎么勾引女人。”卡米洛不是在炫耀，真的不是，他是发自内心想教我。

“嗨，罗雷娜！”卡米洛用低沉的嗓音开口了。

“哦，你好吗？”女孩儿的声音甜甜的，带着一丝沙哑。

“挺好，我需要见见你。”

女孩儿沉默了五秒钟，说了一句我终生难忘的话：

“呵呵，如果这已经成了种需要，那我们到此为止。”说完她挂了电话。

我去厨房，架上茶壶给卡米洛泡了杯茶。没记错的话，这可是我第一次给人泡茶。我放了好多糖，像是懂得，伤心的人都需要这东西。

“谢谢。”卡米洛一脸忍耐的表情，“不过无所谓了，我高兴着呢。明年夏天会有大事。”

“啥？”

“对我来说不会是夏天了，而是冬天。”

这话真是一清二楚，卡米洛明明已经在暗示我了，可我却没听懂。我真蠢啊。

“我是说，我要去法国了，去找我爸。”卡米洛说，脸上满是憧憬。

*

我跳过了很多年，说清楚点吧，跳过了二十二年。现在是二〇一二年十一月，我在阿姆斯特丹参加一个智利同乡会，跟好些人聊天，其中大部分是被流放者或被流放者的子女，另一些是学生。卡米洛的父亲老卡米洛也在。有人介绍我俩认识，听到我的姓氏时，我注意到他眼神一动。“你长得像你爸。”他说。“您和卡米洛也是一个模样。”我回答。他言辞躲躲闪闪地问了我好些事。我们谈到了游行，谈到了境外智利公民没有选举权这丢人的规定，[①]也谈到了时任总统皮涅拉，于是两人一下子就成了控诉总统无能的战友。随后他话锋一转：“你爸现在怎样？”“挺好。”我说，暗想着自己已经好久没跟爸爸说过话了。我有些气恼，却又说不上为什么。我浑身冰冷，意识到：我现在才想到卡米洛为了他爸遭了多少罪。出于一种荒唐又晦涩的原因，我觉得，我跟老卡米洛聊天就是在背叛我的朋友、我的兄弟。可我真想跟这个人聊聊，好好认识他，于是我跟他约了第二天见面。

我们约定在凯泽斯赫拉赫特的一家墨西哥餐馆见，离酒店仅仅几步之遥。我几乎提前了两小时到，打算去看巴塞罗那的比赛。阿莱克希斯在替补席上。从好几十年前开始，足球于我们而言已经退化成一项个人运动。罗伯托·罗哈斯的过错不仅让我们在一九九〇年意大利世界杯上被判禁赛，也痛失了一九九四年美国世界杯的参赛资格。那些年里，我们只能关注为数不多的为国外效力的智利球

① 二〇一五年十月，智利总统米歇尔·巴切莱特已通过准许境外智利公民投票选举的法规。

员的战绩。萨莫拉诺在马德里时，我们就力挺马德里，如今我们又转向巴萨——只要阿莱克希斯还在那儿。从开始到现在，包括将来，我们也会一直支持马蒂·费尔南德斯、阿图罗·比达尔、加里·梅德尔[①]或其他智利人所在的球队。我们对这种矛盾感已经习以为常，所以大卫·比利亚或梅西的进球都无关紧要，上半场就这样以二比零结束。我只希望阿莱克希斯可以上场，就算踢不出个名堂，至少也不拖后腿。

*

卡米洛的父亲也提前到了。“我要跟卡米洛的爸爸一起看球赛了。”我想。

我知道的关于卡米洛父亲及其流放的事情都来源于他儿子给我讲的只言片语：他一九七四年入狱，算是运气不错，在一九七五年被赶出智利，到了巴黎，没多久就在那儿跟一个阿根廷女人结婚，生了两个孩子。我知道他在荷兰住了十五年，起初在乌特勒支，随后搬到鹿特丹，现在是在阿姆斯特丹附近的一座小镇。一时间，像个不放过任何机会的警官，我加快了对话节奏，问他到底发生了什么：“为什么卡米洛回到智利后就跟变了个人似的？”

① 本段提到的均为在海外效力的智利球员。

“我也说不好。”他答道，“他去巴黎找我，希望我随他回智利。我跟他建议过，可他不愿来这儿，说自己是智利人。我也跟他提过，叫他过来留学，还提过在荷兰定居的想法，他又说他不喜欢念书，不管是在欧洲还是在圣地亚哥都一样。所以我跟他越说越激动，他讲了不少难听的话，我也讲了不少难听的话。我俩像是在比赛，比谁说的话更难听。我觉得是他赢了，他觉得是我赢了。这些年我俩一直都有联系，我关心他、给他寄钱，虽然不多，但好歹一直寄。后来，我第一次回智利时，我们一起吃过几次饭，可总是一见面就斗嘴。”

“那是一九九二年。”我说。

“是的。”

下半场开始一刻钟后，阿莱克希斯上场了，看上去动作迟钝，好几次都明显不在状态，不过在哈维进球、将比分变为三比零的过程中还是发挥了点作用。随后法布雷加斯和梅西又进球了，临近终场，阿莱克希斯射飞了一个球。

“你觉得阿莱克希斯如何？”老卡米洛问我。“比不上梅西。”我回答，他笑了。我补充说，阿莱克希斯不是射门良将，在智利时就总是把球踢飞，但依然是独一无二的，可谓前锋中的佼佼者。刹那间，我意识到我在跟卡米洛他爸聊足球，心下又是一阵战栗。这种感觉真是微妙。我还提到了二〇〇六年的科洛科洛队，提到了克罗迪奥·博尔吉、马蒂·费尔南德斯、“奶嘴苏亚索”、梅兰德兹，也提到了阿图罗·桑胡埃扎[1]，提到了他在国家队对抗帕楚卡队[2]的那场糟糕透顶的决赛。我觉得说这些真是蠢透了。真是天真啊。

“卡米洛希望您能做我的教父。”我告诉卡米洛的父亲。他笑了笑，像是没听明白，我也没多解释。他坚持我们别以“您”相称，我不答应，于是他问我父亲和卡米洛是否以“您”相称，我说不是。“那我们也一样啊！”“我觉得还是别。”说完这话，我试图让自己的拒绝显得礼貌些，可也仅仅只含含糊糊、嘟嘟囔囔地冒出一句“不了”。

我问老卡米洛是怎么跟我父亲闹僵的——我爸对我、对卡米洛都不愿提及此事，每次说到都会转移话题，但除了他又没别人可问。我们都觉得肯定是特严重的事儿。

“是因为那场半决赛，”老卡米洛回答，“我们本来是二比零领先的，我当时踢中后场，还有几分钟比赛就结束了。你爸跟个疯子一样嚷嚷。我跟他说我知道该怎么踢，我关注着赛况呢，说他这些叫嚷让我烦透了。‘传球！传球传球！卡米洛！傻×！’为这事儿，我们一连吵了好几场比赛。他完全不让我自己思考，‘传球！传出去！’对了，那时守门员还可以在回传球时用手呢。”

“这我知道，”我说，“我没那么年轻。”

“你相当年轻。”

我们又要了几瓶啤酒。老卡米洛继续说：

---

① 以上均为智利足球运动员。

② 墨西哥足球甲级联赛俱乐部。

"'传球！卡米洛，傻 ×！'你爸翻来覆去地吼，我真是烦透了。我一拳把他揍到球门边儿上，朝自家大门射门了。'给你球！狗娘养的！'我说。有些人大笑，有些人骂我，你爸恨恨地盯着我。最后，那场比赛我们踢成了平局。要是我们赢了，要是我没有进乌龙球，我们就会打进决赛。"

这时，我的朋友卢克来了，他来拿几本书给我。我向他介绍老卡米洛。他跟我们一起坐了几分钟，用他那怪腔怪调的西班牙语问老卡米洛是不是流放过来的。"现在不算是了，"老卡米洛答道，"或者说是吧，我自己也分不清。"卢克告诉我该走了，但我还想再坐会儿，于是告诉他我稍后和他碰头。

"我没遭什么虐待。"卢克走后，老卡米洛这样告诉我。他跟他儿子说过，虽然他被关了好几个月，但没人虐待过他。"其实我是被虐待过，可我不想谈这个。那群浑蛋对我坏透了，可我还是活下来了，可以出国，重新开始。"好长时间，我俩都保持沉默。我俩都想到了卡米洛。我想到了那间音像店，想到了传声头像乐队的歌，甚至在脑海中轻轻哼唱："我出生的房子一直开着电视机 / 大概我长得太快 / 忘了自己的名字。"

现在，我跟他爸沿着王子运河散步，天有点冷。不经意间，我开始数街边飞快驶过的一辆辆自行车。五十……六十……一百。无穷无尽的沉默。我想，我们大概随时可以告别。就在这时，他说："我走回去吧。"

“跟你爸说，请他原谅我。”他请求。我向他保证说我爸一定好多年前就已经原谅他了，别把这事儿放在心上。我俩请一个小孩儿用我的手机给我们拍了合影，我边拍照边想，明天我要给我爸打电话，要好好跟他聊聊老卡米洛。也要像以前一样，跟他回忆一九九四年年初那个可怕的晚上，那晚，朱莱阿姨打电话告诉我们卡米洛被车撞了。还有接下来那悲惨的一周，卡米洛差点就得救了，最终却还是死了。

鬼使神差般，告别前，我向老卡米洛问起他是怎么知道他儿子的死讯的。“我是八天后知道的。朱莱有我的联系方式，但她不愿当时就通知我。”我俩站在那儿看着地面，旁边是一家灯具店。这些天，在阿姆斯特丹，我时常看到这一幕：橱窗被夜幕中的灯火映得五光十色。我正要说出这话，以此转换话题，老卡米洛却开口了：“拜托，跟你爸说，原谅我的那个乌龙球。”“我会跟他说的。”我答道。告别时，他拥抱了我，落下了苦涩的眼泪。我想，故事似乎不该这样结束，不该以卡米洛他爸为他死去的、像是个陌生人的儿子的落泪来结束，可故事就是这样结束了。

# 一台电脑的回忆

致希美纳和赫克托

这台电脑购置于二〇〇〇年三月十五日，价格为四十八万比索，三十六个月分期付款。麦克斯试图把那三个大箱子在汽车后备厢安置妥当，但由于空间实在有限，所以他只好用上车顶的行李架。虽然到意大利广场的路程不长，只有十个街区，他还是用绷带把箱子固定得牢牢的。一到公寓，麦克斯就把沉重的机箱安置在餐桌下方，尽量整齐地布线，孩子气地玩弄着用于包装的塑料袋和泡沫块。在庄重地开机前，他认认真真、满怀憧憬地端详了电脑一番：键盘整洁无瑕，显示器干净清晰，连鼠标和音箱都那么赏心悦目。

这是麦克斯人生中的第一台电脑，那年他二十三岁。说不上为什么想买电脑，毕竟他连机都很少开，更不怎么使用文字处理程序。不过总之就是得买台电脑，反正大伙儿、包括他妈在内都这么认为。他妈还答应帮他还月贷呢。麦克斯本人是大学助教，也许能用电脑编辑阅读小测题目，或打印一些陈旧的笔记——这些笔记要么是手写的，要么是在一台老掉牙的奥林匹亚牌打字机上吃力地打出来的。他也曾用这台打字机写下了自己大学期间的所有论文，这让同学们要么暗地嘲笑，要么钦佩不已，因为几乎所有人都已经用上了电脑。

麦克斯做的第一件事情是把那些年写过的诗歌全部录入到了电脑里，全都是些灵感迸发得来的短小文段，无人欣赏，也无人诟病。然而，从他看到在手写本上内涵丰富的文字置身于屏幕上那一刻起，事情就不一样了：他质疑诗歌的分节，脑子里全是新的节奏，似乎更多是为了好看，而不是为了朗朗上口。然而，他并没有去尝试调整修改，而是打起了退堂鼓，满心挫败感。他常常删去诗歌，重新再写，或是将时间浪费在反复变换字体上，让鼠标光标满屏幕移动，一会儿画直线，一会儿画屏幕对角线，一会儿又画圈。他没有放弃用纸笔写作，还让键盘第一次因为自己的不小心沾上了墨水。除此之外，键盘还得忍受那一杯又一杯危险的咖啡，或是雨丝一样纷纷扬扬的烟灰。麦克斯从来都够不到烟灰缸，只要一写作就抽个不停，或干脆这样说得了：一抽烟就不怎么写作了。要知道，他作为烟民的发展可远远大于他作为写手的进度。几年后，沉积的污垢已经让键盘 a 和 t 无法使用，不过现在，我们还是按部就班地讲故事吧。

说不上是该感谢电脑呢，还是该怪罪它，总之，一种全新的孤独感来临了。麦克斯不再看新闻，不再花时间弹吉他或画画。一从学校回家，他就迫不及待地打开电脑，探索它的各种功能。很快，他就发现了一些虽然简单，却足以让他震惊的程序，像通过他在电脑城买来的脏兮兮的麦克风就能实现的录音功能啦，还有他不经意间复制下来的歌曲什么的——他得意洋洋地看着“我的音乐”文档，如今那儿已经压缩着家里全部二十四张专辑的音乐。他对于罗伯托·卡洛斯[①]的叙事歌谣让位于性手枪[②]很是自得，总是一边听着音乐，一边写着诗歌，反正他从来都觉得这些诗缺个结尾。有时候，因为没有暖气，麦克斯只能用膝盖磨蹭主机箱，让轻微的摩擦伴随着散热器的震动，再掺杂进窗外的汽车声。麦克斯对因特网毫无兴趣，他不信任网络。虽然在母亲家里，母亲的一位朋友帮他申请了一个邮箱账户，他却拒绝使用，更不愿把那些危险的光盘插入电脑——听说，它们可都是潜在的病毒携带者，搞不好就能毁掉整台电脑哪。

那几个月里，为数不多的造访公寓的女人总在天亮前就走掉，有时连澡都不洗，也不吃早饭，就这样一去不返。不过，夏天来到时，却有个女人不但留下睡觉，还吃了早饭。她叫珂罗蒂雅。一天早上，淋浴完毕，珂罗蒂雅在关闭的显示器前停下，像是在搜寻自己新生的鱼尾纹或是那些令人生厌的斑点。她脸庞黝黑，嘴唇微薄，脖颈修长，颧骨突出，双眼细细长长，闪着墨绿色的光，湿发正好垂到双肩，发梢像是根根针尖停在骨头上方。她带到麦克斯家的浴巾里简直可以塞下两具她的身体。几个星期后，珂罗蒂雅又搬来一面镜子，安置在卫生间，不过，这面镜子

---

① 罗伯托·卡洛斯·布拉加（Roberto Carlos Braga，1941—　），巴西歌手。
② 性手枪（Sex Pistols），英国摇滚乐队，成立于一九七五年。

反光，模糊不清，只能勉强看出脸部的轮廓，她还是更爱照显示器。

做爱后，麦克斯习惯呼呼大睡，珂罗蒂雅则会打开电脑，孤零零地开一阵赛车，小心翼翼地扫雷或是来两局中级棋牌。有时候，麦克斯醒过来，走到她身边，帮她出谋划策，或是抚摸她的秀发香肩。珂罗蒂雅右手握着鼠标，仿佛那是个有人争夺、随时会被夺走的钱包。不过，就算她咬紧牙关，双目圆睁，依然不时发出紧张的嬉笑，祈求着更多的爱抚。或许有麦克斯在场，她能把游戏玩得更好。游戏结束，她会坐在麦克斯身上，开始一场慢悠悠的性爱。屏幕保护程序不时在她肩上、背上、臀部，在她柔软的躯体上落下投影。

两人常在床上喝咖啡，有时也会在桌上腾出地方吃早饭，按照珂罗蒂雅的说法，这可是上天的美意。麦克斯会撤掉键盘和显示器，把它们放到地上，一不小心就会踩上一脚，或让它们被面包屑包围。不过，珂罗蒂雅经常用厨房清洁剂清洗电脑。那段日子，电脑的表现真是可圈可点，Windows 系统一直都能正常启动。

二〇〇一年十二月三十日，差不多是在购买两年后，电脑搬家到了纽尼奥阿街区一套稍大点儿的公寓。环境好多了，电脑有了自己的房间，还有了用一块旧门板和两根支架搭起来的写字台。从赛车和无穷无尽的棋牌游戏中，珂罗蒂雅开发出了更高科技的娱乐，比如把电脑连上数码相机——里面可是有好几百张最近旅行的照片。虽然麦克斯和珂罗蒂雅没有结婚，这旅行算不得蜜月，但好歹是这个意思。这些照片里，珂罗蒂雅有时置身于海边，有时置身于挂着墨西哥草帽、巨大的十字架或者可以用作烟灰缸的贝壳的房间里。珂罗蒂雅常常表情严肃，抑或压住笑意；一丝不挂或是衣着轻薄，吸着烟，喝着酒，双手遮住酥胸，或干脆挑逗地指着双乳（“你那火辣辣的、撩人的脸庞。”他在某天下午的欢愉后写下了这十一个字）。有的照片上只有礁石、海滩、浪花或地平线上的落日，像是一张张明信片，或是仿制的明信片。麦克斯只出现在了两张照片上，和珂罗蒂雅的合影只有一张：两人在一家典型的海景餐馆里相拥而笑。珂罗蒂雅用了好几天时间来整理照片，用长得似乎有些过头的词句给文件夹命名，而且通常是以感叹号或省略号结尾。随后把照片分散到别的文件夹，好像它们出自好几次不同的旅行，可没过多久她又把它们收回到同一个文件夹，思忖着要不了几年，这文件夹就会越来越多，以后的上百次旅行，怕是得用上百个文件夹来装照片。这样满是旅行和照片的生活还真让她期待。珂罗蒂雅还花了大把时间争取打过“粉红豹”游戏的第五级，游戏是买清洁剂送的。麦克斯每次醒来后总想帮她，其实他的游戏水平真是一团糟。要是谁看到两人在屏幕前如此全神贯注，真会觉得他们在解决什么关乎国家命运或世界未来的十万火急的难题。

两人并不总是同时在家，因为麦克斯上夜班——他在助教一职中输给了竞争对手，或者说，是那个新来的风骚娘们儿赢得了这个职位（“这些事儿嘛，你懂的”）。珂罗蒂雅除了推销保险，也在上成教班或是继续教育课程或是别的什么没完没了的职业培训课。有时候两人一两天都见不着面，珂罗蒂雅会给麦克斯打电话，两人使劲聊天，反正麦克斯的工作正好就是接电话，或者等那些永远不会打过来的长途电话。“貌似你真正的工作就是跟我煲电话粥吧。”有天晚上，珂罗蒂雅把话筒夹在肩上，这样说道。她笑得喘了起来，像是咳嗽咳不出来，又像是咳嗽声和笑声融为了一体。

跟麦克斯一样，珂罗蒂雅也喜欢手写文字，然后再输入到电脑里。都是些长长的文章，经常有不规范的拼写或打字错误。这些文章主题包括文化经营、公共政策、本地林业等等，不一而足，有时需要上网查资料——这正是那段日子的最大转变，也是造成小两口第一次争吵的导火索。麦克斯依然抗拒迈出上网这一步，压根儿懒得了解任何关于网络或防毒软件的知识，可他最终还是妥协了。一天晚上，麦克斯一连好几个小时给家里打电话，却因为拨号上网一直占线而没有打通，这导致了两人第二次激烈争吵。于是他们买了手机，可话费又实在太高，最后只好新装了一条专用电话线。

到那时为止，两人都不太会用电子邮箱，不过他们早晚会成为它的忠实用户。而麦克斯因为网络而染上的最大的、一辈子都戒不掉的癖好是色情片，这既引发了小两口的第三次争吵，也让他们多了不少新的尝试，包括并不让珂罗蒂雅觉得多舒服的颜射或是肛交。这事儿在一开始让两人尖锐争执，但考虑到那可能存在的无限快感，又多少是不无裨益的。

那段时间，键盘上的 a 和 t 丢了。珂罗蒂雅得赶时间交作业，只能尽量回避用到这两个字母。麦克斯正开始尝试先锋派诗歌，虽然打算帮她，可也无功而返。第二天，两人买回一副更好的键盘，黑色的盘身，上面有可爱的粉红色多媒体按钮，可以不用鼠标就实现复制、暂停歌曲之类的功能。

然而，从好几个月前开始，电脑更大的毛病就已经在孕育之中。那些原因不明的延迟，有时候持续时间短，没多大影响，有时候则持续太久，让人不得不重启机器。一个下雨的周六，两人本可以看着电视，吃着炸蜜果，安安静静度过，再不济也无非是追着漏雨的缝隙挪动锅盆接接雨水罢了，却不得不花上一整天时间来修，或者说是学着修电脑，结果却是心有余而力不足。

星期天，麦克斯叫来一位学工程的朋友。那天下午，三人喝光了两瓶皮斯科酒、五罐可口可乐，还是清醒得很。干脆这样说吧，他们是为修不好的电脑而沮丧。麦克斯的朋友把问题归结为一种奇怪的故障，说他以前从未遇到过。恐怕三人还是有点醉意，至少那位朋友是这样，因为突然间，他一个不小心，就把硬盘给格式化了。麦克斯小两口什么都没了。“打现在起，它会运行得好一些。”朋友满不在乎地说，那冷漠、那淡定，就跟一个不小心切断病人一条腿的医生如出一辙。“都是你搞砸的！浑蛋！”珂罗蒂雅吼道，像是自己真的被失职的医生误切了一条腿一样，哦不，可能是两条。麦克斯怜爱地抱着她，没有吱声。朋友最后夸张地喝了一大口皮斯科酒，抓起几块奶酪，不辞而别。

珂罗蒂雅难以面对这样的损失，于是找来个正儿八经的技师，后者更换了操作系统，为两位用户分别创立了账户，甚至还应珂罗蒂雅的要求为麦克斯即将登场的儿子塞瓦斯蒂安也象征性地建了一个账户。是的，这孩子早该出场了，早该浓墨重彩地让他亮相，可问题是麦克斯经常忘了这孩子的存在。最近几年，父子俩只聚过一次，仅仅两天。珂罗蒂雅根本没见过孩子，因为塞瓦斯蒂安住在六百多公里外的特木科。她完全不理解这状况，这话题也就变成了她跟麦克斯关系中的一个禁忌，或一个雷区，唯恐避之而不及。时不时的激烈争吵中，两人最后常常哭成一团，而哭得更厉害的往往是麦克斯。他呼天抢地，愤愤不平，满怀愧疚，然后脸庞渐渐僵硬，好像泪水都沉积到皮肤里去了似的。这比喻并无新意，不过的确是那么回事儿。每次哭过，麦克斯的皮肤都更紧实黑亮。

并非一切都那么糟糕。有一次，珂罗蒂雅从父母那儿得到点儿钱，于是就买回一套惊艳的一体机，可以打印、扫描，连复印都可以。她激动地靠近电脑，开始编辑那浩瀚的家庭相册。各种分类冗长复杂，她却做得津津有味。与其说她是在记录过去，还不如说是篡改过去。她歪曲了那些看不顺眼的亲戚的面庞，剪切掉一些无关紧要的人物，添加进一些光彩夺目的嘉宾，比如把吉姆·贾木许①剪切进她的生日聚会啦，让莱昂纳多·科恩②参加她的圣餐仪式啦，或是跟希妮德·奥康纳③、卡洛斯·卡贝萨斯④及议员富尔维奥·罗西⑤等朋友去北部的圣佩德罗·德·阿塔卡玛旅游什么的。珂罗蒂雅的修图技术差强人意，不过足以让闺蜜和七大姑八大姨们看了开心。

就这样过了一年多。

如今麦克斯已经改上早班了，两人本该有更多机会相处，却把大部分时间都耗在了抢电脑上。麦克斯抱怨说自己有了灵感却没法写作，其实根本没那回事，他依然是用稿纸来解决自己那些源源不断的诗歌创意的，还觉得把它们誊到电脑上是一种破坏、一种损失。不过他倒是养成了给久未谋面、如今开始想念或者以为自己在想念的老相识们写冗长邮件的习惯。有些人其实住得很近，至少不远，麦克斯也有他们的电话号码，可他宁可写信——这界限并

---

① 吉姆·贾木许（Jim Jarmusch，1953— ），美国演员、导演、剧作家、摄像师、制片人。

② 莱昂纳多·科恩（Leonard Cohen，1934— ），加拿大演员、作曲、编剧、诗人。

③ 希妮德·奥康纳（Sinéad O'Connor，1966— ），爱尔兰创作歌手。

④ 卡洛斯·卡贝萨斯（Carlos Cabezas，1980— ），西班牙篮球运动员。

⑤ 富尔维奥·罗西（Fulvio Rossi，1970— ），智利政治家、医生、教师。

不分明，但与其说他写的是“邮件”，还不如说那是“信”：都是些忧郁、浮夸、深情满满的文字。虽然对这类消息的回复总是可以无限延迟，不过有时，麦克斯也收得到同样风格的回信，语句中满是虚妄伤感的怀旧气息。

夏天到了，经过几个月的精心安排，塞瓦斯蒂安来了。小两口一同坐长途汽车到特木科去接孩子，去程九小时，回程近十小时。孩子刚满八岁，下巴上若隐若现的早熟的胡须让他看起来有些滑稽。刚来那几天，塞瓦斯蒂安很少开口，跟他爸爸尤其如此。紧锣密鼓地逛过动物园和游乐场，也去过游泳馆之后，大热天的下午他们都在家里门户紧闭。其实，在家待着并不比去那些听上去有意思的地方差。小赛瓦利用他的电脑账户整日挂在 MSN 上和他在特木科的朋友们聊天。他的电脑技能很快展现出来，虽然说不上多么惊人——毕竟他还是个孩子，只是跟很多同龄人一样，打小就接触电脑——可在珂罗蒂雅和麦克斯眼里，就可谓“高手”了。孩子一丝不苟也略有不耐地教两个大人使用防毒软件，甚至还跟他们解释了定期整理磁盘碎片的重要性。至于“粉红豹”游戏，就更不在话下了。孩子轻松过关，好几次——比如有一回一连两三天下午——孩子都在教珂罗蒂雅和爸爸游戏攻略。这对孩子来说甚是简单无聊的游戏秘诀也成了三人假期中一段充实美好的回忆。当然了，孩子从没和父亲如此亲近过，跟珂罗蒂雅也成了朋友。她说，这孩子挺不错。孩子对她的评价则是“长得标致”。

三人一起回特木科时，路上相当开心，一直念叨着以后要再见面。不过小两口的回程却疲惫不堪，蒙上了阴影，这也正是接下来要发生的故事的前奏。从两人打开公寓大门的那一刻起，他们的生活就已经陷入毫无出路的、一潭死水的状态。或许是厌倦了珂罗蒂雅无休止的唠叨建议（“恢复了的文件要保存好”、“连接线不收好，下次还会丢的”、“塞瓦斯蒂安他妈人不错”），抑或是干脆厌倦了这个人，麦克斯变得沉默寡言，自我封闭。他毫不掩饰自己的不快，却并不试图作出解释，对珂罗蒂雅没完没了的追问要么充耳不闻，要么哼哈应付了事。

一天晚上，麦克斯大醉而归，连招呼也没跟珂罗蒂雅打就蒙头大睡。她不知所措，走到床边，抱紧麦克斯，在他身边躺下，却又睡不着。她打开电脑，在网上闲逛，又用键盘玩了两小时“吃豆人”游戏，随后叫了出租车，去小酒馆买了白葡萄酒和薄荷味的香烟，回家后在客厅餐桌边喝了半瓶酒，看着摇摇晃晃的地板缝隙、惨白的墙壁和开关板上不计其数的丑陋指纹。“是我的指头，”她想，“再加上麦克斯的，再加上所有在这公寓开过灯的人。”随后她回到电脑旁，选择了麦克斯的账户，跟以前好多次一样，试图猜一下密码，把大小写都试了个遍：夏尔·波德莱尔、尼卡诺尔·帕拉①、炭疽乐队②、囚徒乐队、星球大战、西格

---

① 尼卡诺尔·帕拉（Nicanor Parra，1914—　），智利诗人、数学家、物理学家。

② 炭疽（Anthrax），美国乐队，成立于一九八一年。

莉德·阿莱格里亚[1]、布兰卡·拉文[2]、五号屠宰场[3]、蕾蒂西娅·卡斯塔[4]、胡安·卡洛斯·奥内蒂[5]、莫尼卡·贝鲁奇[6]、笨伯联盟[7]。她焦急地点燃香烟，一连抽了五支，一种新的困扰袭上心头，时增时减，莫可名状。她也想到过一个很有可能的组合，可一方面出于排斥、一方面出于自尊，她从未试过，而最终，正是这个密码对了：她输入珂罗蒂雅·多罗[8]，系统立即有了回应。邮箱是开放的，不需要密码。珂罗蒂雅顿了顿，为自己加了点酒，几乎就要放弃了，可既然已经走到这一步，面对这令她生畏的收件箱和更让她胆寒的发件箱，她已经无路可退。

她随意读了几封平常邮件，已然大为受伤——“亲爱的”这种称谓频繁出现，末尾处无数的“拥抱”(“来个大大的拥抱”、“再抱抱”，以及更加独辟蹊径的表达诸如“属于你的拥抱”、“来自我的拥抱”、“我抱抱你”、“有人抱你呢”)。邮件中谈到了数不清的往事，以及那些含糊其辞的分不清是讲现在还是讲未来的说辞，更别说除此之

---

① 西格莉德·阿莱格里亚·康拉德（Sigrid Alegria Conrads，1974—　），德国女演员。

② 布兰卡·拉文（Blanca Lewin，1974—　），智利女演员。

③ 美国作家库尔特·冯内古特的著名反战小说。

④ 蕾蒂西娅·卡斯塔（Laetitia Casta，1978—　），法国模特、演员。

⑤ 胡安·卡洛斯·奥内蒂（Juan Carlos Onetti，1909—1994），乌拉圭小说家。

⑥ 莫妮卡·贝鲁奇（Monica Bellucci，1964—　），意大利演员、模特。

⑦ 又名《笨蛋联盟》(*A Confederacy of Dunces*)，美国小说，作者约翰·肯尼迪·图尔（John Kennedy Toole，1937—1969），曾获普利策最佳小说奖。

⑧ 应为珂罗蒂雅的全名。

外还有好多或隐晦或直白的调情，既有来自天南海北的邮件，也有来自珂罗蒂雅本人的。另外，有五份往来邮件明白无误地提到了他跟别的女人约会，她却毫不知情。而最刺痛珂罗蒂雅的，是她的默默无闻：他从未提起过她，至少在她读到的这些邮件里，完全没有提到过。不，有一封例外，是写给他的一位朋友，邮件中他坦诚和她的关系不尽如人意，说自己已经不想跟她上床，说两人随时会玩完。

珂罗蒂雅关闭了邮箱，与其说是酒精冲昏了她的头脑，还不如说是愤怒。她准备去打个盹儿。这一觉就睡到了下午，醒来时家里只有她一人。她无精打采地走到电脑旁。虽然电脑就在隔壁房间，她却觉得像是经过了长途跋涉。她没有开电脑，而是静静地看着阳光反射在显示器上。她关上百叶窗，任由黑暗降临，眼泪夺眶而出，一直流到脖颈，消失在乳沟间。她脱下内衣，看着自己不安分的双乳、平坦柔滑的小腹，看着自己的双膝和冰冷的地板上坚实的脚趾。珂罗蒂雅用满是泪水的双手清洁着——或者叫玷污着——显示器，手指和关节在上面疯狂地划过，像是把它们当成抹布在擦洗。随后她打开电脑，用 Word 写了封短信，然后开始收拾行李。

第二个周日，珂罗蒂雅回来带走部分书籍和那台一体机。麦克斯穿着裤衩坐在电脑前，正在跟珂罗蒂雅写一封超长的邮件，里面讲了好些两人之间的事儿，恳求她原谅，可说不清为什么，字里行间却处处透露出他的游移和无谓。写字台上堆着这封信的草稿，有七八页呢，麦克斯絮絮叨叨地嘟哝着这不公平，自己的信还没写完呢，说自己不善言辞，还有好多错误要修正。珂罗蒂雅随手翻了些没完成的信，发现有些话在上一封里还好好的，到了下一封就词不达意了，还发现麦克斯极尽修辞之能事，把各种辞藻排列组合，最后的结果却只让珂罗蒂雅觉得肮脏下流。麦克斯甚至尝试调整行距，变换字体和字符间距，他大概以为让信看起来长一些，珂罗蒂雅就会原谅他吧。珂罗蒂雅正想着这些，麦克斯一把按住她，钳住她的双手——他是知道的，珂罗蒂雅最恨别人逮住她的手腕。推搡中，麦克斯打了她的胸部，而她则还以几记耳光。他愈发狂躁，逼迫珂罗蒂雅弯下身子，用力从后庭插入，表现得前所未有地暴虐。珂罗蒂雅扯下键盘，反抗未果。两分钟后，麦克斯释放出一股稀松的体液，而珂罗蒂雅终于得以转身，死死盯住麦克斯，看上去像是乞求他住手，可她接下来做的事情并不是紧紧抱住麦克斯，而是用膝盖撞向他的下体。麦克斯痛得直不起身，珂罗蒂雅卸下一体机，叫来出租车，永远离开了这个家。

麦克斯感到巨大的轻松，可这感觉转瞬即逝。珂罗蒂雅的释然来得晚些，却彻彻底底。三个月后，两人在国立图书馆的阶梯上偶遇，麦克斯低声下气、可怜巴巴地乞求珂罗蒂雅和他重新开始，却没能如愿以偿。

麦克斯满怀气恼地回到家，照例打开电脑。从几天前开始，电脑又出了毛病，而这回算是彻底没治了，至少麦克斯判断如此。“我要修好它！不管里面存了啥！”第二天，麦克斯这样向他那位技师朋友宣布，而这位朋友却用一个低得离谱的价格提出买下电脑。“做梦吧！”麦克斯吼道，“我要把它给我儿子！”于是朋友只得悻悻地格式化了硬盘。

周五晚，麦克斯动身去了特木科。他没来得及打包电脑，只将鼠标和耳机塞进衣兜，把主机箱和键盘安置在座位下，九个小时的路途中一直把显示器抱在双膝上。路灯在他脸上闪过，像是一种召唤、一种邀约，抑或一种责备。

麦克斯不熟悉特木科的道路，也没有事先记下儿子家的地址，兜兜转转了好久，才找到一条他印象中的路。上午十点，僵尸般的麦克斯到了目的地。塞瓦斯蒂安看到他，倒是先问起珂罗蒂雅，仿佛让他惊讶的并非父亲的从天而降，而是父亲女友的凭空缺席。“她来不了。”麦克斯边说边装腔作势地拥抱了儿子。“分啦？”“没呢，她来不了，就这么回事，大人得上班嘛。”

孩子彬彬有礼地谢过了父亲的礼物，孩子妈热情接待了他，告诉他可以在沙发上过夜。可麦克斯并不想留下，只尝了口前妻端来的苦涩的马黛茶，咽下奶酪面包，就朝车站出发了，好赶上十二点半的班车。“我忙得团团转，有一大堆事要做。”说完，麦克斯上了来的那辆出租车。上车前，他胡乱摸了摸儿子的头发，又亲了一下他的额头。

麦克斯一走，儿子就安装好电脑，证实了自己的猜测：不管从哪方面来看，这电脑都比自己那台差远了。午饭后，孩子跟继父为这事哈哈大笑，随后两人在阁楼腾出空间，放好电脑。这机器现在还在那儿，等待着美好时光的到来。

# 真真假假

致亚历杭德拉·科斯塔马格纳

“养只猫在这儿，好让你有个伴。”丹尼尔学着心理学家的语调说，卢卡斯则表现出像是有前所未有的、意料之外的热情。在他妈妈家——按照孩子的说法，那是他“真正的家”——有个小花园，本可以舒舒服服地养猫养狗，可玛璐在这一点上丝毫不留商量余地：养狗不行！养猫也不行！打从现在开始，孩子每周都愿意来丹尼尔这儿和小猫待上两三天。孩子给猫起了个男孩名，叫佩德罗，后来发现那是只母猫，而且还怀孕了，于是给它改成女名佩德拉。

所谓的真真假假来自学校的判断题，这是孩子唯一乐意做的习题，而且总是完成得很棒，还非要乐此不疲地把这种判断用到所有事情上：玛璐家是他的“真”家，可这个家的客厅又是“假”客厅；客厅里的椅子是“真”椅子，而门和吊灯则是“假”的。他自己的玩具只有一部分是真的，而他并非全都喜欢。反之，有些东西是假的并不意味着男孩就不喜欢：在爸爸的“假”家里度过的那些为数不多的日子里，可是充满了任天堂游戏机、比萨饼和炸薯条的陪伴。

卢卡斯有时安安静静、一言不发、心不在焉，像是沉浸在无法表达的思绪中，另一些时候又会不住地提问。对于九岁这个年龄，卢卡斯的表现和众人对他的期望一致——做个正常孩子就成。他父亲不耐烦他的提问，却又无可奈何。不管从哪方面来说，丹尼尔也是个“正常”的男人：结过婚，生了孩子，凑合着过了几年家庭生活，然后又跟所有正常男人一样，与妻子分居了。他时不时会拖延一下给孩子的抚养费，这也正常，不过他这么做纯属为了找乐子，毕竟丹尼尔并无任何经济困扰。

丹尼尔住在一栋公寓的十二楼，公寓里不允许养宠物，不过佩德拉并没被发现。它成日舔着自己光亮的黑爪子，从脏兮兮的阳台上注视着大街。这会儿，除了一碗水、一把猫粮，它别无所求。一连看了碟子好几分钟后，它开始狼吞虎咽，像是在证实这东西味道不错。丹尼尔向来不喜欢猫，小时候养过几只，但其实都是兄弟姐妹在照顾。然而这回，他愿意尽力一试，毕竟猫是不错的伴侣。丹尼尔这样想着，脑子里浮现出一个孤零零男人的虚幻形象，尽管他自己并不完全算得上是“孤零零”的，就算是，他也并不认为孤独是什么坏事。倒是在这些年的婚姻中，他有了过多的陪伴，也正因为如此，他需要离开妻子，清静清静。“我离开妻子是为了清静。”如果有人问起，想必丹尼尔会装腔作势地说出这话。不过现在已经没人关心他的婚姻为何完结了，而他这回答既说不上诚实，也算不得撒谎。他确实需要清静，但同时又想解脱自己，试图把自己从未曾期待过的生活中解脱出来，保护自己。

或许也曾有过那么一阵子，丹尼尔是渴望成为父亲的，不过这无非是一种出于使命感的单纯愿望罢了。和儿子在一起（“过着家庭生活”）的这些年，他也当够了父亲。生活中的一切都另有深意，一言一行都要言传身教，连沉默不语也不例外。当然啰，父亲说出的每句话都必须想了又想，小心谨慎，含义重大；父亲就必须表现得像一个筛子、一台机器、一具僵尸。也许和儿子隔远点能让他做个更好的父亲，丹尼尔就是这么想的，这样的想法中连一丝一毫的挫败感也不存在。

丹尼尔原本打算骗孩子说小猫出生后全都夭折了，他没多作考虑，只计划溺死小猫崽，或是照听来的办法那样，把它们扔进马桶，按下抽水按钮，转身就忘掉这无关紧要的辛酸画面。可他运气太糟，小猫们刚好在孩子在家的时候来到了世上。

“卢卡斯，我们没法养它们。”那天下午，他告诉儿子。

“怎么不能！”孩子应道。丹尼尔打量着儿子，觉得他俩长得挺像，或者说，以后会越来越像：隐隐冒出的胡楂，一样黑黑卷卷的头发。他帮儿子佩戴好医生建议的脊柱矫正带。除此之外，儿子还戴着牙套和眼镜，这让他的黑眼睛显得愈发明亮，睫毛愈发修长。

“有作业吗？”丹尼尔问道。

“有。”

“想写吗？”

“不想。”

于是父子二人给丹尼尔认识的所有人打电话、发邮件，问他们要不要小猫。把卢卡斯送回他的“真”家时，丹尼尔被卷入了一场激烈的争吵，就因为他试图说服孩子妈，无论如何，她得收养这些小家伙。

“有时候真搞不懂你怎么回事。”玛璐抱怨。

“我怎么回事？”

玛璐不再说话。

接下来几个星期，小猫崽们陆续睁眼，开始惹人心烦地在客厅里四处抓挠。小猫一共有五只：两黑两灰，还有一只几乎全白。为了不再犯“佩德罗”和“佩德拉”这种错误，卢卡斯决定不给它们起名字。如今，孩子老爱往爸爸家跑，对丹尼尔来说，这像是打了场胜仗，可惜赢得并不舒坦。

一个周四的晚上七点，卢卡斯第一次没打招呼就来了。五分钟后，玛璐也出现在门口，因为爬了十二层楼而气喘吁吁。她不喜欢坐电梯，丹尼尔居然住在十二楼更是让她心烦。不光是为孩子的安全担心，也不光是出于自己的喜恶，而是她清清楚楚地记得，多年前的一个夜晚，丹尼尔曾向她保证，绝不住有电梯的房子，也向她保证，他们会一直“脚踏实地”地生活在一起。

玛璐为不请自来向丹尼尔道歉：“我们在附近逛逛。”这话真是荒唐，要知道，母子俩可是住在城市的另一头。

“我刚才还以为这孩子一个人跑来了。”丹尼尔说。

“怎么一个人来？”

“一个人来。”

“你疯了吧？”

“没。”

丹尼尔烤上面包，也煮了咖啡，两人静静喝着，孩子则在一旁给小猫崽们分配国籍：白猫——或者说叫“准白猫”——是阿根廷的，两只黑的是巴西猫，两只灰的则来自智利。

群发邮件起作用了，丹尼尔联系上了一位大学女同学，她在一天夜里造访，说要来领养一只猫。几口酒下肚，两人就滚到了床上，做得还挺爽，或者说，还算爽吧——这是第二天早上，女同学自己说的。“就这样我也满意。”女同学轻佻地说，这话听在丹尼尔耳中却是一种挑衅。“你这事儿可真够怪的，”女同学有个习惯，每次点燃一根香烟，就会换一个话题，“古怪得很，一般人都是误把公猫当母猫，很少有反过来的。”

“什么意思啊？”

“就这意思咯，因为一般人不太会看公猫的鸡巴，而你居然在母猫根本没有的地方看出了鸡巴。”女同学解释道。没等丹尼尔反应过来，她又开始了另一个打趣的话题：“猫儿叫佩德拉，而你是爸爸[①]。”

丹尼尔过了好一会儿才笑出来，颇为恼怒：“你怎么会说‘鸡巴’这种词？”他问道。

“我不能说？”

“女士一般不会这么说。”

“你昨晚塞到我身体里的可不就是鸡巴，”女同学答道，“佩德拉缺的那玩意儿也叫鸡巴。”

丹尼尔觉得这话粗俗至极。女同学临走时说她晚些时候再来带走小猫，丹尼尔还为此暗喜，想着昨夜的场面可能会一再上演：女同学每天下午都来，然后清晨离开。可事实并非如此，完全不是。女同学再也没回来过，也没打过电话，也没写过邮件。

“有人养猫”的消息在公寓里不胫而走，丹尼尔不得不拿出一瓶皮斯科酒和几包好烟讨好楼管，像是恶作剧般，那烟还是“黑猫”牌的。之后他又贴上了好几瓶威士忌来招待邻居：一位加泰罗尼亚戏剧作家和他的夫人。“我俩都喜欢智利，这小区也干净。”两人的评价异口同声，像是在

① 西班牙语中“佩德拉”与“爸爸”分别由相同字母的不同排列构成。

参加什么婚姻和谐程度大赛。佩德拉嗅着来客，小猫们则在一个鞋盒子里睡成一团。戏剧作家说，他俩来智利是为了女儿，女儿刚做了母亲，他老伴总花上大把时间看望外孙，而他自己宁可待在家里。按照他的解释，他需要点孤独和灵感。

孤独和灵感，丹尼尔躺在床上想着这两个词。他拥有孤独，从未需要过灵感，可在听到戏剧作家说起时，他却认定这可能恰恰是他所缺少的：灵感。事实上，他的工作再简单不过，几乎一成不变——律师并不需要灵感，只需要耐心来忍受上司，当然，还得有机智和圆滑来钩心斗角。对了，想象力大概也挺重要，也不需要是多天马行空的想象，他对自己说，像是终于解开了一道千古谜题。

“我只在打手枪时才需要灵感。”丹尼尔随后无助地想道，还假想出满桌的好朋友来为他这话喝彩。然后他立即边自慰边寻找灵感。一开始他意淫的是戏剧作家的老婆，尤其是她的双腿，随后想到了那位一去不回的女同学，最后转到了玛璐。她对他依然充满诱惑，可他脑中的形象还是停留在她年轻时。早些年间，两人常在汽车旅馆做爱。他对某次旅行归来时，在78号公路上的那场欢愉尤其难忘：在二十多公里的路途中，他开着车，她则俯身舔舐。丹尼尔沉浸在回忆中，愈发急躁贪婪，手上加快了节奏，却一直没有、最终也没能泄出。丹尼尔只能让自己接受老老实实睡觉这个主意，睡时还意犹未尽，醉意盎然。

第二天，丹尼尔本该去接卢卡斯，可他醒得太晚，只好打了个电话，借口头痛，得晚点去。“我五点去接你。”他跟儿子保证，同时还承诺会给他准备寿司，“我学会做寿司了。”虽是撒谎，丹尼尔却说得若无其事，好像这样做就可以逼着自己把这类谎话变成现实。上网搜索了十分钟后，他搞清楚了该去超市采购什么原料。回来时，他还买了一大包伟嘉牌猫粮、大包牛奶、巴氏汽水、木瓜汁和菠萝汁——他一向分不清儿子到底喜欢的是这三种饮料中的哪一种。

“这些小猫该有个爸爸。”那晚，卢卡斯一边倒腾着一块惨不忍睹的寿司卷，一边对丹尼尔说。

“猫没有爸爸。”丹尼尔有些迟疑地回答，“母猫发情时就随便找只公猫，小猫可不一定都是亲兄弟姐妹。”

“什么意思？”

“就是说，它们并不一定是同一个爸爸生的，可能是同母异父，所以它们才有不同的颜色。佩德拉可能跟三只猫交配过：一只灰的、一只白的和一只黑的。”

“这不要紧！”卢卡斯的回答像是经过了深思熟虑，“这不要紧。不管怎么说，这些小猫都得有个爸爸。”

“现在已经有这么多猫了，卢卡斯，何况它们跟人根本不一样。猫爸爸不会记得自己的孩子。”丹尼尔回答，一瞬间有些害怕孩子会反击给他一个辛酸的回答，还好没有。他小心翼翼地继续：“有时候连猫妈妈也不记得，过段时间，可能佩德拉就认不出它的小猫崽了。”

“我才不信呢！”孩子回答，惊讶地睁大了眼睛，“不可能！”

“到时候你就知道了。现在佩德拉到处找小猫，把它们叼在嘴里，攒到窝里，四处找它们时还大声叫唤，不过她很快它就会忘了它们。畜生就是这样。”

“你好像挺懂畜生。”卢卡斯说。丹尼尔听不出这语气是嘲讽还是天真。

“因为你的姑姑伯伯养过猫啊。”

“那时你也跟他们住在一起嘛。”

“是住一起，但不是我养的。”

父子俩在卧室看着墨西哥队一场无精打采的足球赛，几乎快睡着了。丹尼尔起身去厨房拿水，停下来看了佩德拉好几分钟。猫妈妈似乎完全被卷入儿女们争夺奶头的战斗中了。丹尼尔回到卧室，儿子已经合上了双眼，嘴里嘟嘟囔囔念着祷告。丹尼尔还以为儿子做噩梦了，于是轻轻推醒他，或者说，他觉得是自己把儿子推醒了。

“我没睡着，爸爸，我在祷告呢。”

“祷告？你啥时候开始祷告了？”

“星期一开始的，星期一我学会祷告了。”

“谁教的？”

“妈妈。”

“那她又是啥时候开始祷告的？”

“妈妈不祷告，不过是妈妈教我的，我觉得可好啦！”

父子二人照例睡在一起。那天晚上地震了，几百条狗叫得令人心悸，可丹尼尔和卢卡斯居然彻夜未醒。远处有闷雷响过，近处则是那两位邻居争吵交谈的声音，说不定他俩在模拟议会里争吵交谈的人呢。不过父子二人依然睡得很香，早饭更是吃得胃口十足，然后玩了一上午“双截龙”游戏。

“我打包票，佩德拉的小猫都是真的。”后来在公园，卢卡斯对父亲说。

“当然是真的，绝对是真的，这你真能打包票。之前有朋友跟我说，我俩弄错了佩德拉的性别可奇怪了。那位朋友说，一般人都是把公猫当母猫，不会把母猫当公猫。”

“为什么啊？”孩子问。

“我也不太懂，是个怪事儿，还是别想了吧。”

“别想你的朋友？”

“嗯，别想我朋友。”丹尼尔悻悻地回答。

丹尼尔邀请那对加泰罗尼亚夫妇来家里喝咖啡。“你们国家真不错。”戏剧作家太太看着孩子称赞。“卢卡斯觉得圣地亚哥是假的。”丹尼尔告诉他的来宾。“才不是呢！”孩子嚷嚷，“智利才是假的，圣地亚哥是真的！”“那巴塞罗那呢？”夫妇俩问道。卢卡斯耸了耸肩，玩起了地上的小卡片。他看上去也像一只小猫：穿着T恤，双腿、手臂和右脸颊上全是抓痕。

“智利的发展令人叹为观止。”戏剧作家评论的语气既像是深思熟虑又像是抛砖引玉。

“皮诺切特还大权在握，你们能接受？你们不担心回到独裁政府？”

“我还以为你觉得智利是个安宁的地方呢。”丹尼尔回答。

“这正是贵国的发展中令我担忧之处，”戏剧作家斩钉截铁地指出，“就是这种过犹不及的、过于文明化的安宁，让我担忧。”随后戏剧作家发表的长篇大论不得不让丹尼尔想起大学时期烦人的选修课上那些疲于应付的讲义：全球化，后现代主义，霸权。

“我投票给了艾尔文[①]和弗雷[②]。”丹尼尔这样回答，他真是完全搞错了对话方向。当客人终于告辞后，他问儿子加泰罗尼亚人是真是假。“他们好奇怪哦。”儿子回答。

那天下午，白色阿根廷小猫走丢了。丹尼尔、卢卡斯和佩德拉一刻不停地找了几乎两个钟头也没瞧见它。小猫不可能跑出房门，于是接下来几个星期，丹尼尔在家里的

① 帕特里西奥·艾尔文·阿索加尔（Patricio Aylwin Azócar，1918—　），于一九九〇年至一九九四年间担任智利总统，是皮诺切特之后的首任智利总统。

② 爱德华多·弗雷·鲁伊斯·塔格莱（Eduardo Frei Ruiz Tagle，1942—　），继任艾尔文，于一九九四年至二〇〇〇年间担任智利总统。

举手投足都小心翼翼。每次下班回家，他都仔细巡视房间，一直赤脚，几乎是踮着脚走路，坐下或躺下时尤其谨慎。小猫失踪后快一个月的一天早上，他看到小家伙安静地睡在猫妈妈身边。也不知道它是打哪儿回来的，总之它那种天经地义地占据着自己地盘的感觉让丹尼尔颇为不快。儿子在电话里听到消息倒是高兴得很，但并没有像他父亲期待的那样大声欢呼。

“你怎么讲话那么小声？”他问儿子。

“我怕吵醒它们。”孩子继续用耳语声回答。

“怕吵醒谁？”

“猫妈妈和小猫。”

“它们没在睡觉。”丹尼尔有些生气地告诉儿子，“你可以大声说话。”

“爸爸你别骗我啦，我知道它们在睡觉。”

“没有！就算它们睡觉，你在电话里大声讲话也不会吵到它们啊，这个你是懂的。”

“嗯，我懂。我挂了。”

“怎么了？”

这是儿子第一次挂他的电话。丹尼尔拨通了玛璐的手机，她表现得彬彬有礼，比平常温和多了。“没什么怪事儿吧！”丹尼尔憋屈地暗想，应付着跟玛璐的对话。不过没多久，像是故意假装一时兴起，玛璐对丹尼尔说，最好还是由她来养那些猫。

“你不是不喜欢猫吗？你对猫过敏。”

“没有没有，我不是对猫过敏，我是对电梯、蜘蛛和鸽子过敏。那叫啥？”

“啥？”

“对鸽子过敏叫啥？”

“鸽毛过敏！”丹尼尔答道，他已经烦透了，“别扯这些没用的，跟我说清楚，你怎么想起养那些猫了？你以前连一只都不让孩子在家养。”

“现在我同意了。卢卡斯经常跟我说起它们，我乐意让那些小猫跟着我们。我还可以送几只出去，只留下佩德拉。我跟好几个朋友都说过了，她们都愿意养一只。”

玛璐和丹尼尔前所未有地争吵起来，嗯，这样说得了：他俩一如既往地吵了起来。事情出现了大逆转，恐怕世界上最棒的律师——当然了，反正丹尼尔也不是世界上最棒的律师——都剥夺不了玛璐决定猫儿们命运的权利。两人的谈判拖沓散漫，其实丹尼尔并不排斥玛璐的这个想法，他只是害怕失去。除了佩德拉，他其实并没有多么喜爱那些猫。他拼命想要留住佩德拉，不下十次跟玛璐说：“你可以把小猫带走，但佩德拉就在这儿跟着我。”然后不下十次听到玛璐关于母亲权利的雄辩而惊人的言论。

“要是乐意，你就留下那只白色小母猫好了。”玛璐最后这样说道。

“我还不知道那是公猫还是母猫呢。”丹尼尔这样说纯属为了找茬。

“卢卡斯觉得那是母猫。”玛璐回答，“不过无所谓，这不打紧，你到底要不要那只白色的小公猫或是小母猫？”

丹尼尔只得接受。把猫儿们送去“真”家那天，孩子乐得不行。

丹尼尔还没想好给小白猫起什么名字。他有时候叫它阿根廷姑娘，有时候叫它阿根廷小子。他在椅子上看报时，小猫就趴在摊开的报纸上，两眼专心致志地盯着丹尼尔的T恤。

“看来我得习惯站着看报。”丹尼尔握着酒杯对他的两位邻居说道。两人是来辞行的，他们就要回巴塞罗那了。

“没了那些猫，你也挺不容易吧。”戏剧作家问道。

“也还好。”丹尼尔回答，随后又客套地补充道，“写戏剧想必更不容易。”然后他问他们为什么就要走了，好像两人之前说过要待到第二年的。这问题似乎有些叫人尴尬，戏剧作家和夫人低着头，几乎盯着地板上同一个点。

“有些私事，家里的事。”夫人回答。

“那你写出东西了吗？”丹尼尔继续提问，转移话题。

“没写多少。”夫人回答，像是专职代言人。丹尼尔觉得这场景真是荒诞，也多少有些难堪，尤其是说到诸如“家庭问题”、“私人原因”这类颇有深意的字眼。他本来心情不错，却很快被这情形弄得没了兴致，或许是觉得有些无聊，只盼着两位邻居快走。

“你想写点关于什么的呢？”他毫无兴趣地问道。

“他也说不清，不知道主题。”夫人回答，“大概是关于过渡时期。”

“什么的过渡时期？”

“智利的，西班牙的。两个国家，比较一下。”

丹尼尔迅速回忆了一两部这一类的戏剧作品，里面总有些要么老掉牙要么嫩得慌的主角，小丑跳梁般夸夸其谈。于是他问戏剧作家在圣地亚哥到底写了多少页。

“五六十页，不过全没用。”夫人回答。

“你怎么知道全没用？”

“我哪知道，你问他呗。”

“我是在问他，所有的问题我都是在问他，谁知道为什么都是你在回答。”

戏剧作家闷闷不乐，夫人摸了摸他的头，用加泰罗尼亚语跟他嘀咕了几句，随后两人看也不看丹尼尔一眼，就回去了。夫妇俩痛心又气恼，丹尼尔倒是无所谓，只是说不上为什么有些愤怒。他一个人喝着威士忌直到半夜，阿根廷小猫时不时爬上膝头，像是在安慰他。丹尼尔想着自己的儿子，想给他打电话，却没有动手。他又想着存点钱到海边买栋房子，想着做出点改变，不管什么都行：刷刷墙壁，搞几克古柯，留点小胡子，补习一下英语，学点武术。突然间，他看着小猫，替它想到了一个名字，不管对公猫还是母猫都管用，一个不受性别影响的名字，可一瞬间，他又醉醺醺地忘到了脑后。怎么可能那么快就把一个名字给忘了呢？他暗自思忖。随后脑子又一片空白——他倒在地毯上，直到第二天下午才醒来。在宿醉的尽头，他意识到自己没去上班，发现有十几个未接来电，也一整天没有查看电子邮箱了。小猫在他身边打着鼾。丹尼尔决定看看小猫到底有没有生殖器。“啥都没有！”他大声喊道，“你没有鸡巴，你是母猫！”丹尼尔庄重地宣布，“你是一只真正的母猫。”

丹尼尔起身为自己冲了一杯苏打水弱碱泡腾片，还没等药片化开就一口气喝光了。他头痛得厉害，不过还是放了一张不久前找到的怀旧华尔兹、探戈和狐步舞唱片，每首曲子都让他想起自己的祖父。丹尼尔洗澡时，小猫在一旁追着浴室帘子的影子玩。更多是出于悲哀而不是开怀，丹尼尔开始轻轻哼唱一首傻乎乎的歌：“有位金发女郎她不想活 / 为了我的爱啊 / 这是真的哟 / 这可是真的 / 她爸爸知道了愤怒咆哮 / 恨不得我从人世隐没。”

随后，他跟往常一样，把浴巾缠在腰上，浑身还是湿淋淋的，到床上躺了几分钟。电话响了，是戏剧作家想为头天晚上的事情致歉，邀他一起吃晚饭。

“我们智利人不说‘吃晚饭’，只说‘吃饭’。”[1] 丹尼尔

① 在智利，请人吃饭通常都是晚上，无需专门指明“吃晚饭”。

回答，“而我既不想吃晚饭也不想吃别的饭。我想打飞机。”丹尼尔硬生生装出一副粗野语调。

“那先打你的飞机吧，年轻人，没关系，我们等着你。”戏剧作家笑着回答。

“我不会去的，”丹尼尔回答，带着戏剧化的腔调，“我可不是一个人。”

现在是中午十二点，小母猫在键盘上睡得正香。丹尼尔在浴室照着镜子，仿佛要寻找脸上的抓痕或瘀斑。紧接着他躺到床上，开始机械地自慰，脑子里谁也没想。体液射到床单上时，他沉沉睡去。

# 长途电话

我夜里做电话接线员的工作，这是我有过的最体面的工作之一。虽说薪水算不得多丰厚，但也不赖。工作地点是在老瓜迪亚大街上的一间小办公室，唯一的窗户朝着一堵灰突突的墙壁。虽然这地方有些寒碜，但冬不冷、夏不热，甚至还可以说是冬暖夏凉，这也是我一直没学会用空调的原因。

我要讲的是一九九八年，法国世界杯刚结束没多久，我在这个岗位上干了才几个月，皮诺切特刚被软禁。我的头儿，一个西班牙佬，在写字台一角贴上了指控皮诺切特的加尔森法官①的照片，我们则向他献花致谢。波尔蒂约是个不错的头儿，为人挺大气。我不常见着他，有时只有每个月二十九号才看得到他。那天我总是吊着惊人的眼袋等着时钟敲响九点，好去领工钱。我对他印象最深的是他尖利的嗓音，像是个年轻人，这嗓音在智利男人中算是常见，可对我来说，出自西班牙男人就不那么令人舒服了。他总是一大早大概六七点钟就给我打来电话，让我给他汇

① 一九九八年，皮诺切特在英国就医期间，西班牙法官加尔森以涉嫌杀害西班牙人及西班牙人后裔、反人类等罪名指控皮诺切特，要求英方将皮诺切特引渡至西班牙受审，后者一度被软禁于伦敦，最终在二〇〇〇年，英方以皮诺切特因健康原因不宜被引渡受审为由，将其释放。

报夜里的情况。他这么做毫无意义，因为夜里向来无事，或者说基本无事。就算有那么一两个从罗马或巴黎打来的电话，也都是些无病呻吟的家伙，只是想充分利用他们在圣地亚哥买下的医疗保险。我的任务就是接听这些电话，记录客户信息，确认保单的有效性，然后帮他们联系上我在欧洲的同事。

波尔蒂约允许我在上班时间读书、写作，甚至打盹，唯一的条件就是及时接听电话，所以他才会在早上六七点来电检查。有时他半夜参加完聚会，也会更早些打来电话，声音醉醺醺的。“电话铃响不能超过三次！”我要是接听迟了，他就会这样训斥。不过他并不常责备我，相反，倒是和蔼得很，有时还问我看的什么书。我跟他说保罗·策兰①，说艾米莉·狄金森②、埃马努埃尔·博夫③、温贝托·迪亚斯·卡萨诺瓦④，他总是哈哈大笑，像是听了令人惊喜的一流笑话。

有天半夜，大约凌晨四点，我接到电话，声音中透着刻意的沉重，特别假，我认定是头儿装的。“我是从巴黎打来的长途。”对方直截了当，这更让我确信是波尔蒂约搞的

---

① 保罗·策兰（Paul Celan，1920—1970），二战后最重要的德语诗人之一。
② 艾米莉·狄金森（Emily Dickinson，1830—1886），美国诗人，现代主义诗歌的先驱。
③ 埃马努埃尔·博夫（Emmanuel Bove，1898—1945），法国犹太裔作家。
④ 温贝托·迪亚斯·卡萨诺瓦（Humberto Díaz Casanueva，1906—1992），智利诗人、外交官、教育家。

鬼，因为客户一般都会使用我方付费的电话。考虑到我跟头儿这么熟络，我直接告诉他别瞎折腾了，我正忙着看书呢。“我不懂，”那人说，“我是从巴黎打过来的，这难道不是旅游医疗保险的电话吗？”

我赶紧道歉，问了对方电话，回拨过去。重新接通时，我已摇身成为宇宙头号和蔼接线员。其实我没必要如此夸张，毕竟我从未失礼。对方那位嗓音醉人的老头儿也是超级友好，这在我的工作中可不常见。大部分客户都毫不吝惜地展示他们的粗暴、强势，展示他们如何蛮横无理地对待电话接线员、小摊商贩或是所有那些他们认为低他们一等的人。

胡安·艾米利奥不一样，他言谈理性，其实我说不准该不该用“理性”这个词，因为我记录他的资料（五十五岁，住在洛库罗高档住宅区，无病史）、确认保单（他买的是最大险额的）时，他的声音让我感觉，这人需要的不是医生，而是一个陪他说话、耐心倾听的人。

他告诉我，他已经在欧洲待了五个月，大部分时间是在巴黎。他的女儿——他管她叫莫妮奥——在那儿读博士，跟她老公马蒂和孩子们住一块儿。这些事儿都跟我的问题无关，可他说得兴致勃勃，我根本无从打断。他饶有兴致地跟我聊起他的外孙，说他们法语纯正，还提到巴黎好几处名胜。当他跟我讲到莫妮奥在学业上遇到过的困难，讲到读博有多艰难，讲到在这样的一个社会中（“有时我觉得这社会真荒唐，与从前大不相同。”他这样跟我说）父爱有多重要时，我发现我们已经通话四十分钟了。我不得不打断他，礼貌地请求他告诉我来电意图。他说他有些感冒，还发了烧。我写好传真，发给了巴黎的办公室，请他们协助办理，然后开始了与胡安·艾米利奥漫长的道别。他千般致歉，万般有礼，就是不愿接受对话结束这个事实。

那一阵我在技术培训中心谋到了一份晚课的差事，时间非常方便。课程是从八点到九点二十分，一周两次，所以我还是像个夜猫子，睡到中午，如饥似渴地阅读，一切都好。

我的第一堂课是在二〇〇〇年三月，皮诺切特刚泰然安稳地回到智利（很抱歉我以这个事件为时间参照点，可这确实是我最先想到的）。我的学生全都比我年长，最小的也有三十岁，连五十岁的都有。他们学习勤奋，为了公司管理、会计、秘书学或旅游学等专业竭尽全力。按照一份僵硬死板的教案，我应当教“写作技巧”，内容包括写作主题、书写规范甚至发音等。

最初的几堂课，我还尽力按照教案行事，可是来上课的学生全都无精打采。依我看，教室里真是每个人都兴味索然。我到现在都还记得，没过几天，教室里就人头稀少。大概三四节课后，我走在西班牙大道上，停在一个汉堡摊前，边吃一个意式汉堡边思忖自己该好好应对这种浪费时间的感觉。不管怎样，如果说我这辈子还有什么持之以恒的事儿，那应该算是对某些故事、某些格言、某些辞藻的热爱了。可显然，目前为止我却教不好课——“老师，您的课真有意思。”像是命运要故意跟我的想法唱反调，我在地铁入口遇到一位女同学这样跟我说。我没认出她。课堂上为了打消尴尬，我不太爱戴眼镜，所以根本认不出学生的样子。如果需要提问，我就望着某个方向说：“丹妮拉，你怎么看？”这办法屡试不爽，因为全班一共有五个叫丹妮拉的女生。

在地铁口遇到的学生不叫这名字，不过听着挺像：帕米拉。她跟我聊天，说她跟父母住在一起，暂时没有工作。我问她为什么来上晚课。“因为白天热嘛。”她答，看上去妖艳而不屑。我问她那是不是在冬天就中午去上课，她笑了。我想知道我的课是不是真的有意思，她低下头，像是我问了一个多么隐私的问题。“是的，”像是过了一个世纪那么久，她回答，“有意思。”我们一起下了地铁，这是巴格达诺站，我陪她等着去往基里库拉的汽车。

在系里，各种情况都有不胜枚举的先例：男老师和女学生（或是男学生），女老师和男学生（或是女学生），甚至——虽然的确耸人听闻——也有那么些男老师和两个女学生，或女老师和三个男学生和一个女图书管理员的例子（就在图书馆的还书柜台上），所以我认为要跟帕米拉来点儿什么也不为过。她不高不矮，不胖不瘦，是我眼中的完美身材。我一向不擅长回答“你喜欢黑皮肤还是白皮肤女生？”这类问题。我能知道的是，帕米拉的声音、言谈和眼神中，有我喜欢的东西。

我带着这些想法回到办公室，煮了一杯咖啡，一根接一根地抽烟（波尔蒂约自己不吸烟，但给我们开了绿灯），想着爱情这东西，也不明不白地想到了死亡，随后又考虑起未来，这可不是我偏爱的话题。我想，现在明明是二〇〇〇年，我却回忆起了小时候和少年时代说过的关于遥不可及的未来的话：我们曾想象过会飞的汽车和令人振奋的电视直播，或许也想到过那些不够酷炫，但至少与当时那个枯燥压抑的世界大相径庭的事物。我大概是想着这些睡着了，但电话铃声很快惊醒了我，那时是凌晨一点。头儿提醒我三点要停水。我边往水瓶和洗手池里灌水，边想着自己。印象中，这是我第一次觉得孤单。

公司规定，客户致电的十四天后我们应当回访客户（我们管他们叫“帕斯”），询问病情以及他们对服务的评价。这个环节叫做礼节致电，一般是结案（啊哈！每次熬到结案，我们可真是欢欣鼓舞）的前奏。我拿起话筒，拨通了巴黎的电话。胡安·艾米利奥还在他女儿家，事实上，接电话的就是他女儿莫妮奥。她可不像她爸那样客气。“晚点再打来吧！”她冷冰冰地对我说。于是我晚点又打了过去。胡安·艾米利奥似乎很高兴接到我的电话，这倒也是常事儿，因为很多客户都认为我们打电话是出于关心，好像我们这些悲催的接线员有多在乎、或者应该多在乎世界另一头那位头疼脑热的同胞的健康状况似的。

快挂电话时，胡安·艾米利奥问我是否喜欢这份工作，我跟他说我有过更理想的选择，但这个也不错。“你学的什么专业呢？”他继续提问。“文学。”我回答，而他则不明所以地笑了。通常情况下，我讨厌别人问我这个问题，可胡安的问题和笑声却并没惹我心烦。随着时光流逝，我开始珍视和接受胡安·艾米利奥这日渐爽朗的笑声，一开始还颇为拘谨，后来就愈发坦率，且极富感染力。

四五天后，胡安·艾米利奥又给我打来电话，那时他已回到智利。那会儿是早上七点，我困得迷迷糊糊。“我打来只是问问你怎么样。”他说。我俩就这么聊起来，如果是两个打算交朋友的年轻人，或是养老院里两个打发日子的老人，那这对话也还算正常。我觉得胡安·艾米利奥有些疯癫，而我自己又为配合他的疯癫而颇为自得。“帕斯人很好，‘我打电话不为别的，就是感谢你们的服务。’”我在电话记录中写道。其实这电话还是有原因的，虽然我现在想来觉得这原因是他在聊天过程中才想出来的：他想请我做他的老师，指导他阅读。“我想提高文化水平。”他说。这事儿说来也简单，就是我向他推荐文学读物，然后我们一起讨论。当然，我接受了这请求。对于我提出的月薪，他坚持要给双倍。虽然每周又坐地铁又坐公车穿过整座城市相当麻烦，我还是表示愿意去他家或他办公室。谢天谢地，他倒是宁可在我家上课，时间是每周一晚上七点。

胡安·艾米利奥身形瘦小，一头红发，外形奇特。尽管衣着光鲜，看上去却颇为滑稽，像是衣服永远不合身，像是所有的衣物都在铿锵有力地宣布:“我跟这人没关系!我可没办法跟这人搭调!”我跟他列了一个他可能感兴趣的书单,他兴奋极了。我俩相处愉快,不过这感觉说不清道不明,还有些冒失。是什么样的人,才会在正该上班的年龄跨过千山万水到欧洲去呢?在欧洲的那段时间,除了带外孙们吃遍巴黎的大小冷饮店,他又能干什么呢?我想象着他或许是智利成千上万阔佬中的一个,他们曾远赴伦敦,支持皮诺切特。我试图从他的样子推测他的身份,无非是一个暴发户,曾经或依然支持皮诺切特的保守派——虽然他的言谈并不那么像暴发户,观点也未必保守。不管怎么说,至少我跟他还聊得下去。胡安·艾米利奥言谈谨慎,从他打量我这套位于意大利广场的公寓的眼神里,倒并没有表现出他觉得此处破旧寒碜。随后,我像是安慰自己,想到,智利企业家的女儿应该不会去法国学习,对于一个皮诺切特支持分子来说,这世上不会有比法国更恶心的地方了。

与此同时,技术培训中心的课程效果也蒸蒸日上。我戴上眼镜,只为多看两眼帕米拉。她的脸颊上时常挂着酒窝,妆也化得与众不同——眼线描得特别粗,像是要把两只眼睛连在一起,又像是要圈住眼珠子别让它们弹出来。那晚,我们的内容是讲解各种信件的类别,我东拉西扯了一阵,突然想到给学生布置作业。我要求大伙儿写一封曾经想写的信,一封可能改变命运的信,结果所有人的作业都平平常常，只有少数几个可圈可点，写得不但感情充沛、催人泪下，而且文字优美。有个学生写着写着就哭了，拼命诅咒他父亲，或者说是他伯父，或者说本该是他伯父的父亲。我看出每个人心中都满是狐疑，但我什么都不敢问。

我意识到这是我拯救课程的好机会，于是将接下来的几堂课都用来教大伙儿写信，希望大家能发现文笔和辞藻的魅力是真真正正可以影响现实的。虽然不乏个别总那么晕乎乎摸不着头脑的学生，我们还是渐渐有所提高。学生们给父母、童年玩伴和初恋写信。我记得有个女生写给了教皇胡安·保罗二世，向他解释自己为什么不再信仰上帝，结果引起了一场尖刻混乱的争执，学生们差点大打出手，不过好歹到了最后每个人都能从中获益。现在，学生们喜欢我的课，一门心思想着写信表达自己的感受，发掘身边的经历。只有帕米拉例外，她一直回避我，课上也不积极。而我，虽然挖空心思，却没能再在地铁里遇见她。

一天晚上，我刚开始上课，一个学生举手说他要写辞职信，因为他打算换工作，随即便开始列举他上司的种种劣迹。我打算给他点儿建议，虽然其实我恐怕是在场的人当中最不被他重视的。

有人批评那位同学太不负责，因为辞职前得想清楚自己靠什么生活，今后如何交学费。难堪而沉重的寂静笼罩着教室，我不知如何打破。“我就是想写这封信！”那位同学说，“我不会真的辞职，我没法儿辞，我要养孩子，负担重得很，不过我还是想写这封信，想象一下自己如何辞职。我就想把我对领导的意见全说出来，想告诉他，他就是个婊子养的，但我不愿用这个字眼儿。”“这可不是一个字，是好几个字呢。”坐在第一排的一位女同学插话。“什么？”“我说这是好几个字，老师：婊——子——养——的。”

于是我们开始写信，在黑板上才写下开头几段，就快下课了，于是我们约好下节课继续。可是“下节课”却没有到来。接下来那个周一，我准时到达，准备拿上讲义去教室，可是教学楼大门紧闭，外墙甚至还重新粉刷过。学院已经不复存在，学生们垂头丧气地跟我解释了事情原委。因为可以打折，他们已经付了好几个月的课时费，有几个甚至预付了一整年的。

那天晚上我跟学生们去了西班牙大道的一家酒吧。平时大伙儿并不经常聚餐，彼此间算不上朋友，也没多熟络，于是有的人大聊特聊自己的生活，有的人忙着喝酒吃零食。帕米拉坐在桌子的另一头，跟那边的一堆人聊得火热，一直没到我这头来，不过最后我还是想办法在地铁跟她遇上了。我又一次在意大利广场陪她等公车，分别时她说她觉得自己被盯得太紧，如果我少看她几眼，或许她已经开始喜欢我了。“可我们不会再见了。”我说。“谁知道呢。”她回答。

跟胡安·艾米利奥的进展比我想象中麻烦。他对我选的书倒是毫无意见，不过跟很多人一样，他偏爱在阅读过程中搜寻微言大义或是断章取义。每周我都给他布置些练习，而他每回来都拎着瓶红酒，以示歉意："我没做完作业。"每当他孩子气地比画着手势说完这话，就开始滔滔不绝地讲解给我带来的红酒的植株或年份，风度翩翩，所用的语句在我听来颇为滑稽，对他而言却想必是套文学辞令。胡安·艾米利奥是个什么经理，不过我对他的工作没多大兴趣，也因为这个，我懒得问他对皮诺切特的回归有什么看法。我可不愿结识一个为富不仁的企业家，我不想为自己找到鄙视胡安·艾米利奥的理由。

事与愿违，我偏偏知道了他的很多家事，开始对他的子女那平淡无奇的生活有了兴趣。至于他的婚姻，我从和他的聊天中推测，他跟他老婆瓜葛颇多，但关系还算稳定。他铁定是有过那么几次不忠，不过到夫妇俩这把年纪，也不用再谈离婚，或许他们就是那种就算互相仇恨也不会离婚的人吧。他可不仇恨他老婆（他老婆名字狂野，但在我看来也颇有文学气息，叫做"野斗玉姬"），老婆同样不恨他，两人互相容忍，有时候她甚至会备好皮斯科酒等他回家，夫妻俩在躺椅上八卦一下别人家过得有多糟糕，自己过得有多惬意，就这样，竟也还怡然自得。

我很难打断胡安·艾米利奥的讲述，无法掌控话语权。有几次我们聊到太晚，他不得不在完全没有开始上课的情况下就打道回府。当然，不管怎样，他都会付我课时费。

我试着帮学生们到教育部申诉，但无济于事。尽管如此，我们还是一起写了陈情信。这本该是展示书写的效用和文字的魔力的机会，结果这信却像泥牛入海。我们四处搜集证人，还有教育专家和政客的意见，但全都是竹篮打水。情形一团乌糟，有段时间，报上也报道了此事，可当时无处不在的、典型的智利式“敢怒不敢言”的沉默突然间占了上风。有些学生想尽办法去了其他学校，而那些付了一整年学费的依然讨不到说法。我也是一筹莫展。我还有一个月的工钱没收到，可当我决定联合其他老师的时候却吃了闭门羹。其实我也联系上了两个，他们却不打算上诉，因为他们同时还在别的学校上课，不想背上惹是生非的罪名。

尽管如此，我还是决定在西班牙大道的那家酒吧把课程上完，原来的三十五名学生中，有十个跟着我，在每周三上完了那一年的课，虽然有好几次，大伙儿都差点儿打了退堂鼓，不过大部分时间里我们都认真上课、专心讨论。有天晚上，在我完全没有想到的时间，帕米拉出现了，也没说别的，便若无其事地加入进来。下课后我们一起去地铁站，她给了我一张五千比索的钞票。我跟她说课程是免费的，我最多同意让学生们请我喝点儿啤酒或是吃两块汉堡。她说她就是想付给我钱，我再次拒绝了。“我们去您家吧，老师。”她随即建议——我想我完全不用解释她对我称呼“您”是多么荒谬，要知道她比我大了整整十岁。我回家后一般会吃一个金枪鱼罐头再去上班，可那天下课比平时晚了些，时间有些紧张。我决定冒个险，把帕米拉带去办公室。她在地毯上吮吸着我，随后我们在波尔蒂约的办公桌上做爱，谢天谢地，电话没响。凌晨三点，我叫的出租车到了。临走时，帕米拉异常严肃地对我说：“老师，您得付钱，五千比索。”于是我俩之间有了这习惯：她来上课，付我课时费，然后在我家或是在办公室，我又付她钱。不管在哪儿，包括床上，她都对我以“您”相称。“好歹在床上时还是对我用‘你’吧！”我有天晚上央求。“我就喜欢叫‘您’，老师。”她边扎头发边说，“我超爱哥伦比亚说话风[①]。”

一个倾盆大雨的晚上，胡安·艾米利奥迟到了，还带来一个男人，那人一脸幸福地跟我打了招呼，随即在我桌上摊开一大堆盒子。我没搞清状况，而胡安·艾米利奥只以一个表情宽容的鬼脸以示解释，最后说：“希望你不介意收下这些礼物。”

待我反应过来后，便有些恼怒。他恐怕从不认识像我这么寒酸的人吧，事实上，对于胡安·艾米利奥来说，屈尊光临意大利广场这种地方恐怕就是一场调剂生活的冒险之旅。可我并不寒酸，一点儿也不，真不知他是怎么想起

① 哥伦比亚极少使用“你”这一称呼。

这么一出的。我跟他说我不能接受他的好意，可就在我振振有词时，胡安·艾米利奥已经将那些盒子一个个打开，塞满了食品柜，或者说，塞满了厨房里那个不时被我拿来当作食品柜的小角落。盒子真是不计其数，里面装着各种零食、果汁、不同口味的川宁茶、高级奶酪、生章鱼片、生三文鱼片、好几罐鱼子酱、进口啤酒和两打红酒。另外还有一大袋子的洗漱用品，这的确激怒了我：胡安·艾米利奥显然认为我缺这些东西。

我谢过他的慷慨，再次表示无法接受他的好意。“这对我来说不算什么。”他回答——这倒是显而易见的。我又拒绝了两次，但已没那么坚决，最后只得收下这份大礼。我已经没那么生气了，真的，我只想马上开始上课。我们一边嚼着奶酪、金枪鱼和好几种可口的阿拉伯零食，一边无精打采地讨论了奥内蒂的几篇小说。虽然我竭尽全力，还是无法掩饰自己的饥饿。

胡安·艾米利奥临走时，我正要布置下周的功课，却被他阻止了。他理了理头发，用少有的敏捷点燃一根香烟，对我说：“我发现我并不怎么热爱文学，我只喜欢跟你聊天，上你家来瞧瞧你过得可好。我读过的那些玩意儿没一样是我真心感兴趣的。”

最后那句话的语气真叫人不舒服，他辞退员工时一定也是一样的腔调，说些“我们恐怕得换一个人了”之类的话。到那时我才恍然大悟，那一大包东西其实算是种补偿。他没再多说，起身紧盯着我的双眼，然后在我的嘴唇上印下一个突如其来的、悠长的亲吻，转身离去。

我呆若木鸡。我居然没看出个中把戏，真是恼人！自己怎么那么蠢啊。那个亲吻倒无所谓，我也不觉得恶心。怀揣着大堆疑团，我咽下一大口西拉红酒。对于这酒是否有足够的果香、纯正的酸度，我已毫无印象，只觉得彼时喝得甚是痛快。

第二天夜里，我上班时，因为听说又要停水，就蓄了些水，却忘了关龙头。我一反常态，在地板上睡着了。早上七点，我浸在水中醒来，发现地毯几乎湿透了。头儿展示出他教训起我时那得心应手的揶揄本领，其实是被我的蠢笨逗得哈哈大笑，并没打算辞退我。我却明白，这儿的工作该到头了。

我曾不止一次想过，这辈子就在这办公室里接电话算了。不难想象，我四五十岁的时候还在这儿过夜，将脚架在办公桌上，翻来覆去地读着同样的书。一直以来，我都倾向于不去考虑任何不确定的事或是太过确定的事。我很少用心思考未来，或许是因为我相信所谓的好运吧。比如，当初我决定学文学，唯一确定的就是自己喜欢阅读，这一点没人可以动摇。至于以后找什么工作、过什么样的生活，我可说不好是否考虑过，因为我觉得那大概算得上庸人自扰。可我知道，我也如旁人所说，是希望有所长进、有所建树的。这次“水灾”像是个信号，提醒我该学有所长才是，或者再说准确点，至少该擅长点跟所学专业多少沾点边儿的事情。我干脆利落地辞了职。散伙饭上，波尔蒂约送了我一本阿图罗·佩雷斯·雷维特[①]的书，那是他最喜爱的作家。

我告诉学生们我失业了，大伙儿虽然一没钱，二没人脉，却纷纷为我出谋划策。我告诉他们大可不必，我有的是时间找工作，毕竟我还有点积蓄。学生们严肃地看着我，可当我跟他们讲了办公室水灾事件后，大家哈哈大笑，一致认为我的确应该辞职，帕米拉尤其同意。

帕米拉去了我家，我们终于可以一起睡一觉了。正值十月，夜晚怡然，引人沉醉。喝下一瓶上好的红酒，做爱之后，我俩一起看一个竞答节目（帕米拉答对了所有题目），又看了部电影。我俩醒得很晚，不过反正也没啥可急的。我几乎花了一个小时来抚摸她那诱人的大腿，欣赏她那漂亮却有些干巴巴的双足。她的脚有些蜕皮，还涂着土耳其风格的指甲油。我们决定涨价：她每次收我一万比索，我也收她一万比索。

“你连工作都没有，家里居然有这么多吃的。”我们做午饭时，她笑盈盈地对我说。“确实有好多吃的。”我想着，然后开始往袋子里塞奶酪、火腿、酸奶和红酒，把袋子递给她。那会儿我既幼稚又浑蛋，这一点真是无需多说。她错愕地听着我的那些蠢话，我逐渐意识到自己犯下了不可挽回的错误。帕米拉愤怒地看着我，一言不发，手足无措，失望透顶。不知道为什么，她捧着自己的一边乳房，像是疼痛

① 阿图罗·佩雷斯·雷维特·古铁雷斯（Arturo Pérez Reverte Gutiérrez，1951—　），西班牙小说家、记者。

难忍。

随后她接过口袋，把东西一股脑儿全倒在我的脚上。她打开房门，正要默默离开，却又停了下来，用不成调的声音对我说，她不是、也绝不可能是个婊子，而我，不是、也绝不可能是个正经老师。

# II

# 国立中学

致马塞洛·蒙特西诺斯

## 1

老师们都是按学号称呼我们，所以我们只记得少数几个与自己学号相邻的同学的名字。我说这个是指望大伙儿多加谅解：我连自己笔下主人翁的名字都不知道，只清楚地记得他是 34 号。那会儿我是 45 号。多亏了我的姓氏开头是 Z，我总是稳稳地位于名单末尾。至今，我看到这数字还觉得亲切。排在最后挺好的，45 号可比那些 15 号啊、27 号啥的强多了。

我对 34 号的第一印象是他有时会在课间吃胡萝卜。他妈妈给胡萝卜削好皮，精心放置在一个小巧的特百惠盒子里。他每次打开盒子，都小心翼翼地移去上层分隔板，取出不多不少的分量，像是在完成多么复杂的手工似的。不过，比起他对胡萝卜的偏好，更有名的还是他那留级生的身份，这可是全年级独一无二的。

对我们这群孩子来说，“留级”可谓奇耻大辱。我们那年幼的生命里，何曾见识过如此巨大的失败。大家不过十一二岁，刚踏进国立中学，这可是智利首屈一指的学校，我们的档案会因此而熠熠生辉。可这儿却冒出个 34 号，他的存在告诉我们，失败并非绝无可能，更不是无法忍受。他提起这污点时怡然自得，好像内心深处还为重修同样的课程感到开心似的。“您瞅着挺眼熟。”偶尔会有老师戏谑地对他说，而 34 号总是落落大方地回答：“是的，老师，我是留级生，全年级就我一个，不过我保证，今年我会学得更好。”

刚进国立中学那几个月的生活真跟地狱没什么差别，老师们轮番向我们灌输能进这所学校有多不容易，想方设法让我们心生悔意，转去街边随便哪所普通学校。他们总是语气轻蔑，嗓音含混，像是被卡住了喉咙，可我们听了并不感到滑稽，只觉得满心恐惧。

我不能说这些老师就是群婊子养的王八蛋，毕竟他们都有名有姓。比如数学老师是贝尔纳多·阿奎约先生，一个十足的王八羔子。专业技术老师叫爱德华多·维内加斯，一个傻 ×。时隔多年，相距千里，我对他们的怨恨毫无消减。这帮人既残暴又平庸，都是些碌碌无为的蠢货，卑躬屈膝地拥戴着皮诺切特，真是一群人渣！好吧，我要说的是 34 号，而不是这群被我们称为“老师”的浑蛋。

34 号的言行举止跟一般的留级生大相径庭。他们似乎应当举止乖张、我行我素，与新班级格格不入才对，可 34 号却向来与我们平起平坐。他并没有沾上那种让留级生显得忧郁可怜的、对过往的执拗之气，不会对老同学念念不忘，也不会跟老师同学频繁冲突。

这就是34号的奇特之处：他毫无怨恨之心。有时，我们会看见他跟我们不认识的老师聊天，谈笑风生，还时不时相互握握手、拍拍肩。他很乐意跟那些个教过他的老师保持良好的关系呢。

每回34号在课堂上展现出他的过人天资时，我们都心里打鼓。可他从不炫耀，偶尔发言也只是为了阐述自己的新观点或针对一些复杂的问题发表看法。他说的想法都是书上没有的，我们也因此佩服他，可这佩服无异于自掘坟墓：这么聪明的孩子都留级了，那我们就更不用说了。于是我们在他背后议论纷纷，猜测着他留级的真正原因，比如家庭问题或是慢性顽疾等等。可我们心里清楚，其实34号的问题就是学业上的，我们也知道，他今天的失败就是我们的明天。

有一回，34号突然走到我身边，看上去既机警又欢喜的样子。像是需要深思熟虑般，他迟迟没有开口。"你别怕，"最终他对我说，"我观察你一阵子了，我保证，你能升级。"这话听了真让人开心。我乐坏了，简直可以说是欣喜若狂。我已经说了，34号可是过来人，他这样评价我，可不叫人心里踏实嘛。

很快我就得知，同样的场景也发生在了别的同学身上，于是有人说34号这是在取笑大伙儿呢，但随即我们又觉得这应该是他鼓励我们树立信心的方式，而我们也确实需要这份信心。老师们天天给我们惊吓，一份份成绩单都惨不忍睹，几乎无人幸免。我们活像一群直奔屠宰场的生猪。

现在的关键问题在于，我们不知道34号是对所有人都说了这话，还是有所选择。那些还没得到他鉴定的同学可慌了神，比如38号——或37号，我记不太清了——就是最担心的人之一。他可受不了这么等下去，这种绝望促使他完全忽视了成绩单，在某一天径直走向34号，问他自己会不会留级。34号显得有些不高兴。“给我点儿时间考察你。”他回答，“我还没来得及观察所有人，人太多了。抱歉，目前为止我还没怎么注意你。”

大伙儿可千万别认为34号是在摆架子，绝对不是。他向来有种诚实的做派，让人很难怀疑他的话。还有他那坦诚的眼神也是：他会看着别人的眼睛。他说话的停顿让人难以察觉，言辞间，节奏缓慢而成熟。“我还没来得及观察所有人，人太多了。”他对38号说这话时，没人怀疑他的诚恳。34号讲话的确有些与众不同，而且总是一本正经。其实那时候我们可能认为，要表现得一本正经，就得与众不同。

第二天，38号前去询问他的判决结果，不料34号像是——在我们看来——想要回避什么令人难堪的真相般，推脱说：“再给我点儿时间吧，我还不太确定。”我们都觉得38号完蛋了，可过了一星期，结束了观察期后，我们的预言家来到38号身边，出乎所有人意料，对他说：“没问题，你能通过，绝对的。”

我们自然欢呼雀跃。第二天，当剩下的六位同学也得到肯定后，我们又是一番庆祝。然而，还有个大问题没法解释：现在全班所有同学都得到了34号的吉言，但全班都通过可不是常有的事儿。我们做过调查，在这所学校将近二百年的历史中，几乎从未有过一个年级四十五名学生全体升级的先例。

接下来那关键的几个月里，34号发现我们并不那么相信他的判断，但没有显露于色，依然天天吃着他的胡萝卜，时不时在课堂上发表他那些惊人而精彩的见解，社交生活似乎也没那么紧凑了。他也知道大家都在关注他，知道自己聚焦了众人的目光，可他还是一如既往热情地跟大家打招呼。

年末考试到了，我们也得以证实，34号的确预言成真。除了四位同学弃考（其中就有38号），剩下的四十一位当中，有四十位通过了考试。唯一没过的那个，正是34号。

最后一天上课时，我们全都围到他身边安慰他。他自然是相当沮丧，但并没有歇斯底里。“我有思想准备。”他说，“我学习太费劲儿，可能换个学校会好点儿。人们都说退一步海阔天空，我觉得我是到了该退一步的时候了。”

离开34号，我们都很难过。这突兀的结局让我们觉得不公平。好在第二年，开学第一天，我们又看见34号站在了低一年级的队伍中。学校本不允许学生连续两年留级，34号却破了例，谁也不知道他是如何做到的。抗议不公的大有人在，说 34 号有靠山。不过我们大多数同学都庆幸他能留下来。尽管如此，我们也挺惊讶他还愿意再重复这样的经历。

开学当天，我走到他身边，尽量让自己显得友好，他也表现得相当和蔼。他看上去更瘦了，和周围同学的年龄差距也愈发明显。“我不是 34 号了，”最后，他用我熟悉的庄重语调告诉我，“谢谢你的关心，34 号已经不存在了，现在我是 29 号。我该面对现实。希望我能融入到新集体，交到新朋友，老想着过去是不对的。”

我想，他说得有理。有时我远远看着他跟新同学玩耍，跟上一年还骂过他的老师们聊天。我相信那一年他一定通过了考试，却不知道他在这所学校继续待了多长时间。慢慢地，他淡出了我们的视野。

## 2

一个冬天的下午，我们做完锻炼回到教室，在黑板上看到这样的内容：

皮诺切特是：

A. 傻 ×

B. 婊子养的

C. 痴呆

D. 混账

E. 以上都对

下方署名：反对机构党

我们正要擦了它，结果还没来得及，自然课老师比亚格拉就来了。他嘴唇哆嗦了几下，脸上掠过一阵含混的微笑，然后跟平时上课一样，示意大伙儿安静。比亚格拉背对着我们，盯着黑板看了好几分钟。这样有力的笔画、工整的书写，不会是出自一个十二岁孩子之手。何况，反对机构党并不会招收刚进中学的孩子。

比亚格拉摆出他一贯的夸张和庄重的派头走到门边，确认门口没人监视，随后拿起黑板擦，开始一一擦去选项。不过，擦到最后一项“以上都对”时，他停下来，掸去自己外套上的粉笔灰，惊天动地地咳嗽起来。这时，最后一排的比尔加拉——同学们都管他叫“逼儿夹啦”——问他正确选项是不是E。

比亚格拉看了看天花板，像是在寻找灵感，脸上绽放出光彩。“是，不过这题出得不好。”他回答。随后解释说，选项A和B根本就是一回事，C和D也一样，所以嘛，根据排除法，正确答案是E。

“这是正确抉择吧？”冈萨雷斯·雷耶斯问。

“这叫‘选项’，二选一才是抉择，多了就是选项。请打开书本，翻到第八十页。”

“呵呵……”孩子们叹道。

“那您对皮诺切特怎么看？”另一个冈萨雷斯问道，他叫冈萨雷斯·托雷斯（我们班一共有六位同学叫冈萨雷斯）。

“这不重要。”老师的回答沉着果断，“我是自然课老师，我不谈政治。”

## 3

我想起上完历史课右手抽搐的事，因为戈多伊讲了整整两个小时，我们不停做笔记。他教我们雅典民主，读起书来就跟独裁中的独断者一模一样。

我还记得讲质量守恒定律的拉瓦锡法则，不过记得更清楚的是弱肉强食的丛林法则。

我想起阿奎约说“智利人懒，不爱劳动，其实智利是个充满了机会的国度”。

我想起阿奎约对我们大肆责骂，却给他的女儿开小灶。他女儿长得不错，却不讨人喜欢。从她的脸庞上，我们总能看到她那浑蛋父亲的嘴脸。

我想起了维拉加穿着白袜子来上课，也记得阿奎约对他说："你这个小偷！"

我还想起了维拉加松散的长发、碧绿的眼珠和满眼的泪花，记得他默默地看着地板，满心屈辱。他再也没有出现在学校。

我想起印第安小孩维内加斯在接下来的那个周一告诉我们："维拉加被退学了，他们拿他没办法。"

我想起伊丽莎白·阿佐卡每周五的最后几节课都教我们写文章。那时，我爱上了她。

我想起马丁内斯·加耶戈斯、普埃布拉和塔韦洛。

我想起了冈萨洛·马里奥·科尔德罗·拉斐特，他老爱在课间讲笑话。如果老师来了，他就假装在学法语，读着：管子、桌子、车子[①]。

我还记得我们从不抱怨。抱怨是件多么愚蠢的事儿啊，该像男子汉一样面对一切才是。不过"男子汉"这概念挺模糊，有时象征着勇气，有时却代表着冷漠。

---

① 原文为法语。

我还记得我被偷过五千比索，那是我用来准备付家长培训交流中心年费的钱。

随后我知道是谁偷了钱，那人也知道我知道了。每次相遇，我和他的眼神都在说：我知道你偷了我的钱，我知道你知道我偷了你的钱。

我还记得跟我同一所学校毕业的那些智利总统的名字。我还记得老师们总是略去萨尔瓦多·阿连德的名字。

我想起我曾经骄傲地说“我的学校”。

我还记得名词定语从句和形容词定语从句。

我想起了那些莫名其妙的词语练习，我们重复起那些词来总是笑得肚子痛：恻隐、冲击战、零嘴、虹状、维权、悍戾、扼要。

我还记得索铎总是被他爸爸的军车司机送来上学。

我还记得英语老师给一位在芝加哥住过十年的同学打了很低的分数后，羞愧地说：“我不知道你是美国佬。”

我想起了那些蠢笨的老师和那些杰出的老师。

我记忆中最厉害的老师是里卡多·费拉达，他在第一堂课上，在黑板上写下了亨利·米勒[①]的某句话，那话改变了我的人生。

我想起了那些羞辱我们的老师、挽救我们的老师、自诩为电影《死亡诗社》中基廷老师的老师、自以为是上帝的老师、自比尼采的老师。

我想起了四年级上学期的那个同志团体。他们大概五六个人，老是坐在一起，不跟别人聊天，其中最胖的那个还给我写过情书。

他们从不做课间操，为数不多的课间娱乐也遭人骚扰、被人殴打。他们宁可待在教室，互相说笑打闹，叫嚷着“婊子！”一会儿朝脸上、一会儿朝地上扔着书包。

我记得有天上午，课间休息时，老师不在教室，我们正在思考怎么解一道数学题，那位胖同学跟他的同桌聊个不停，于是卡洛斯朝他吼道：“别吵了！大肚子基佬！”

---

① 亨利·米勒（Henry Miller，1891—1980），美国作家，代表作《北回归线》《黑色的春天》等。

我记得胖同学怒气冲冲地站起来，以前所未有的娘气应道："可不许再叫我大肚子啦！"

我记得自己曾在课间，在索卡洛街的尽头和安德烈斯·查莫罗、克里斯蒂安·比亚布兰卡和卡米洛·达多利一起抽过大麻。

我想起了帕多·帕拉。我还记得帕德里西奥·帕拉画的画，他是三年级的四个留级生之一。

我还记得帕德里西奥·帕拉坐在中间那列的第一排，上课就知道画画。

帕德里西奥·帕拉从不看老师，总是弯着腰，专心致志地画画，戴着他那酒瓶子底一样厚的眼镜，刘海都快落到纸上了。

我还记得，为了不让刘海碰到画作，帕德里西奥·帕拉那飞快的甩头动作。

没有任何一个老师会因为他留长头发或上课不专心而训斥他，如果被问到为什么不专心听课，他会干脆有礼地道歉，完全不留谈话的余地。

我和他不熟，就聊过那么几次。我记得有天早上，我一直坐在他身边，看着他的画儿。画得棒极了，全是现实主义风格。那些表现无助、贫穷的画作，每一张都入木三分，毫无矫揉修饰。

我记得那天早上他为我画像，我至今还保留着，只是不知道放哪儿了。

记不得是六月还是七月，总之是冬天的一个早上，我们得知帕多·帕拉自杀了。

我记得位于上桥区的墓地寒风刺骨，记得老师们努力向我们解释发生了什么，他们希望大伙儿不要声张，不要声张，不要声张。我也记得随后一整年，每当看向中间那一列的座位，目光所及，总是一片空虚。

我记得助教告诉我们，生活还是会继续的。

生活的确继续了，却换了种方式。

我记得从墓地回来，我们在那辆被叫做“卡洛奇”[①]的校车上号啕大哭。

---

① 智利神话中的幽灵船，传说可以收集海上死难者的灵魂，使之继续其生前的生活。

我记得我和乌戈·普埃布拉一直相互搀扶着，哭着走过操场锻炼区。

我记得帕多·帕拉自杀前，在他卧室墙上写下的那句话：“我对这世界最后的呐喊就是：去死吧！”

## 4

我还记得一九九三年，在学校的最后几个月，我只盼着这一切尽快结束。我无比紧张，每个人都是，大伙儿等着我们准备了六年的那场大考的到来。这就是那时候的国立中学：为期六年的大学预科班。

有天早上，我们爆发了，伴着拳头和嘶叫相互殴打。这完全是一种不知从何而来的、暴力十足的迸发。我们忍了那么长时间，这次却感到如此地疯狂、无助和伤感，并第一次以这样的方式发泄了出来。有人告发了我们，于是一区的总学监华盛顿·穆萨到了。我记得这名字：华盛顿·穆萨。他现在怎么样了？这跟我有什么关系呢。

随之而来的是一顿严厉的训斥，穆萨的语调一如既往，跟那些年众多的老师或学监并无二致。他告诉我们，我们都是幸运儿，我们接受的是最优质的教育，上学不用付学费，而且教我们的都是全智利数一数二的老师。他呵斥道：“可你们却一事无成，真不知道你们怎么在这学校混过来的，文科生的确是这学校的废物！”我们听了这话无动于衷，这种演说或独白我们早就听得耳朵起茧了。我们看着地板或自己的作业本。比起哭泣，我们更想大笑，这种笑容或许该是苦涩、讽刺或狂妄的，但好歹是彻彻底底的大笑。

可是，我们没人笑出来。穆萨慷慨陈词，教室里死一般寂静。突然间，穆萨开始严厉责骂哈维埃尔·加西亚·瓜尔达。哈维埃尔算是全班最老实腼腆的孩子了，成绩中等，履历干干净净，既没有受过任何惩罚，也没有得过任何奖励。可不知道为什么，狂怒的穆萨却开始羞辱他。然后我们才明白，原来是因为哈维埃尔把铅笔掉到了地上，就这么简单。穆萨却认定他是故意的，或者他可能什么都没认为，只是以此为借口把自己的怒气一股脑发泄到加西亚·瓜尔达身上：“真不知道你爸妈是怎么教你的?！”他吼道，“你不配待在这学校！”

我站起来帮我的同学说话，准确地说，我只是想跟穆萨对着干。我说：“别说了！老师，您就闭一次嘴吧！您知道您在说什么吗？您在毫无道理地侮辱您的学生，老师！”

教室里静得让人心慌。

穆萨是个秃顶的大高个儿，身形结实。除了在学校任职，他还开了一家珠宝店，借着学校这宝地，把生意做得风生水起。我不时看见他在走廊上夸赞自己卖给女老师们的胸针、手链或是项链。他对学生冷酷严苛，独断专行，恰如他这个职务的本性，他的斥责和惩罚也都是尽人皆知。

不管是当时还是现在，他在我脑海中都是一副不可一世的嘴脸。穆萨不知所措。“到我办公室来，你俩一起。”他厌恶地丢下这么一句话。我记得在去办公室的路上，梅西亚斯走过来给我俩鼓劲儿。

我在教室里表现得挺勇敢，其实那可能算不得勇敢，或者只算是种不值一提的勇敢。我只是烦透了，什么都无所谓了，哪怕今天我念的是所普通学校，我也会开开心心。我想我大概是为自己找到了被开除的理由，可我也知道，我不会被开除，毕竟还有老师喜欢我、护着我。穆萨也清楚这一点。

“你，加西亚，我真该好好考虑一下该不该让你毕业。”穆萨开口了，“明天一早，我要见你家长。”那一刻，看着加西亚·瓜尔达满是泪水的黑眼珠，我意识到我把事情搞砸了。本来他挨顿训、被骂几句，事情就可以过去了——加西亚·瓜尔达也宁可如此吧——可由于我的介入，他的过错更大了。叫家长来，这种事情只针对最严重的错误，毕竟在我们学校，家长根本就像不存在一样。“开除我吧！”我又说了一遍，其实我心里清楚，这不是穆萨的意思，他是想通过刁难加西亚来惩罚我。我差点又要帮加西亚说话，差点儿又一次把事态恶化，还好我忍住了。

“你，我不会开除的，也不会不让你毕业。”穆萨对我说，于是我再次感到，我受到的惩罚比加西亚轻，这是件多么不公平的事啊。毕不毕业都无所谓，我觉得自己坚不可摧，不只是因为愤怒，还有一种与生俱来的盲目自信和顽固。我说的每句话都并不大声，却铿锵有力，现在依然如此：我从不大吼大叫，可我强大有力。

“我本来的确不该让你毕业，该立刻开除你。”穆萨告诉我，“但我不会这么做。”过了半分钟，穆萨还在讲话，我一直用余光瞟着加西亚·瓜尔达那满脸的泪珠。我记得他也写诗，却不像我一样拿给别人看，也不像我一样在诗歌会上朗诵它们。我们算不得朋友，只是时不时聊上几句，彼此友好相待。

“我不会让你留级，也不会开除你，我要跟你说点儿让你这辈子永远忘不了的话。”穆萨强调了“这辈子”和“永远”这字眼，还把整句话重复了两遍。

“我不会让你留级，也不会开除你，我要跟你说点儿让你这辈子永远忘不了的话。”可我并不记得那话，而是转身就忘掉了，说真的，我真不记得那时穆萨跟我说了什么。勇敢也好，无关痛痒也好，我只是看着他的额头，他说的话我是一个字也没记住。

# 合格烟民

致阿瓦罗和瓦蕾莉娅

治疗持续时间为九十天。今天是第十四天。按照疗程，今天我可以抽最后一支烟。

我这辈子的最后一支烟。

我刚把它抽完。

这支烟抽了六分零七秒。最后一个烟圈还没升到天花板就散开了。我在烟灰缸里随手画着（画了我心脏的形状？）。

也不知道刚才那句话我打括号了没。

我的感觉介于痛楚和挫败之间，不过我还在搜寻有益的征兆。不错嘛，这才是我该做的。

我吸烟时是个好人，最好的那种。我曾是个头等烟民。

我吸烟时落落大方，一气呵成，心情愉快，姿态优雅。嗯，还颇有激情。

出人意料的是，治疗进行得相当顺利。头几天，我几乎不知不觉就从每天抽七十支烟锐减到每天四十支，然后从四十降到了二十。当我意识到自己抽得这么少时，我一连吸了好几支，像是幻想以此减肥或是重振昔日风采。可说实话，这几支烟抽得并不享受。

昨天我只抽了两支烟，而且兴味索然，几乎只是为了不浪费这许可。没有哪支烟是从头到尾、快意十足的。

*

治疗第十九天，无烟第五天。

目前为止，治疗中并无特别的事，可我在寻觅别的意义，找点儿特别的地方来安放自己的目光。

治疗的快速进展和我身体机能的驯服都令人震惊。“戒必适”在我体内所向无敌。除了偏头痛，我觉得自己是个挺强壮的男人，可这药似乎改变了一些重要的东西。

如果认为治疗只是让我远离吸烟的习惯，那可真是大错特错。我敢肯定，治疗还让我远离了一些别的东西，只是我还没发现那是什么。它把它们远远赶开，我再也无法看到。

我会脱胎换骨，可我并不喜欢这种自信。我的确渴望改变，但不是这种意义上的改变。我也不知道我在说什么。

我感到困惑难过。就像有人从我的记忆中抹去了跟香烟有关的部分一样，这让我非常伤感。

我是一台老旧的电脑，我老旧，但并不因此就完全无用。有人用抹布擦了我的脸和键盘。我感到痛。

*

二十多年来，我每天早上起床第一件事就是连抽两支烟。事实上，我相信这是自己起床的原因和动力。一睁开眼看到光亮就能立刻吸烟是桩美事。只有在吸到第一口烟之后，我才算真正醒来。

去年秋天，我曾试图控制烟瘾，尽可能推迟每天吸第一支烟的时间。结果真是苦不堪言。我会在床上无精打采地赖到十一点半，然后在十一点三十一分抽上第一口。

今天是治疗的第二十一天，不吸烟的第七天。云彩胡乱堆积在天空。

*

香烟就是生命中的标点。

*

我一整个下午都在读奥利弗·萨克斯[①]的散文《偏头痛》。作家在一开头就声明，这毛病并无完全可靠的治疗方法。大多数病人都会如朝圣般从一个医生奔波到另一个医生，一所医院奔波到另一所医院。从好多年前开始，我就

---

① 奥利弗·萨克斯（Oliver Sacks，1933—2015），英国神经病学家，有“神经文学家”和“医学桂冠诗人”的称号。

一直是这样。

书上说，偏头痛挺有意思，亦不乏美感（美感的存在只可意会）。可是知道自己患了一种美感的或是有意思的病有什么用呢？

对于我患的这类偏头痛（“我的”偏头痛），萨克斯只讲了寥寥数页。这是最狂野的一种，却并不常见。我的偏头痛有如下名字：神经性头痛、组胺性头痛、霍氏头痛、丛集性头痛，等等。但最有代表性的还是它的别称：自杀性头痛——这就是头痛发作时病人的冲动，用头撞墙来缓解疼痛的大有人在。我也干过这事儿。

这种头痛发作在脑部一侧，尤其是三叉神经影响到的区域。痛起来像是在抽动，伴随着畏光、恐声、流泪、面部发汗、鼻塞等症状。我记下了几个数据，来瞧瞧吧：每十万人中只有约十人患有丛集性头痛，这十人中八到九人为男性。

头痛发作并无明显预兆，周期一般为二至四个月。一痛起来就叫人无法忍受，在夜里尤其如此，可也只能忍着。你还得对朋友们提出的各种各样的建议——没一个管用——笑脸相迎，直到他们彻底离开——哦，是疼痛离开，不是朋友。有些朋友也会烦透了我们的头痛，毕竟发作的那几个月，我们玩起了消失，别无他法，只顾得上自己。

做回正常人的幸福感可以持续一到两年。当我们以为自己已经痊愈，当我们想起偏头痛就像追忆一个逝去的对手，甚至开始对它有所感念时，疼痛回来了，起初还若隐若现，随后就一如往常地蛮横霸道。

我记得美剧《豪斯医生》里有这样一集，医生干脆用致幻菇来应付饱受偏头痛折磨的病人。“好歹有用。”豪斯医生这话简直是给医生队伍丢脸。可是连致幻菇对我也不起作用。睡觉不用枕头、练瑜伽、疯了似的做针灸，通通没用。配合着心理分析师的节奏把自己的整个人生都回顾一遍同样收效甚微（还能发掘出不少往事，有的简直不堪回首，不过没哪样能驱赶疼痛）。戒奶酪、戒酒、戒杏仁、戒开心果，全是扯淡。哪怕吃下一整家药房那些可怕的药丸，也是徒劳。没有任何办法能将我从这神出鬼没又反复发作的疼痛中解脱出来。我唯一没试过的办法就是这个：戒烟。当然了，萨克斯不忘补上一刀。他说，没有证据显示偏头痛和吸烟之间存在关联。我在这句话下面画线的时候感到晕眩而绝望。

最让我不安的是，我现在处于病症的停歇期。哪怕我现在戒烟，认定一切进展顺利，可一年后头痛照样可能重新发作。这家伙学了七年基础医学，再加上三年专业，结果就跟我说上这么句：吸烟有害健康。

*

治疗的第二十六天，减去十四天就是不吸烟的时间。

除了转瞬即逝的恶心感，我没有别的不适。我刚研究了一下副作用列表，没啥发现。顶多也就有两种所谓的

“头痛”——我最讨厌用引号来表示反讽，可问题是这两种痛几乎没有感觉，完全不能匹敌我的丛集性头痛。这些吃点儿阿司匹林就能缓解的头痛可真是荒唐，我鄙视它们。

按照“戒必适”的说明，副作用除了恶心和头痛，还可能会有睡眠无规律、失眠、困倦、晕眩、呕吐、胃肠胀气、味觉障碍、腹泻、伤风和腹痛。睡眠无规律我倒不放在眼里，反正我的睡眠从来就没规律过。可“失眠”和“困倦”并存真是让我伤脑筋，这就跟爱恨交织似的。味觉障碍挺让我喜欢（口味改变了）。我盼着哪次为自己开脱说：“抱歉，我味觉障碍。”真是优雅十足。

科研调查中也不乏对“戒必适”的种种传说，我都不放在心上，因为我向来不相信科研调查。它们都是些欺世谎言，星期一的报告还在陈述某著名大学对红酒或杏仁的好处的研究结果，星期三就说它们伤身。我还记得帕拉写过一句：“面包不好 / 一切食品都不好。”这就跟那些星座风水差不多，一模一样的说辞，上周一用于天秤座，周六又用于双鱼座。

传言说，许多服用“戒必适”的患者都开始有了自杀念头。我在网上查到，一年中有二百二十七例自杀尝试的记录，三百九十七例精神扭曲，五百二十五例暴力行为，四十一例杀人倾向，六十例偏执症状和五十五例幻觉。我一个字都不信。

目前为止，我最大的问题来自双手，我简直不知道拿它们怎么办。我总是喜欢紧紧抓住衣兜、栏杆、脸颊、包装袋、杯子。我抓握杯子尤其厉害。如今我沾酒就醉，这倒没关系，反正大伙儿都理解我。

我讨厌大伙儿——一个个全都香烟在手，摆出对他们视为我“勇敢的决定”一致支持的样子。“我看好你。”今天有个烦人的家伙这样对我说，还带着做作的阴郁表情补充道：“我可做不到。”

*

“你在吸烟吗？”

“没啊，妈，我在祷告。”

*

今天是治疗第三十五天，不吸烟的第二十一天。

我跟乔安娜一起在市中心吃了早饭。她无法相信我居然戒烟了。她吸得那么欢快，看得我嫉妒，不过我也必须承认，我内心还是暗暗地怀有满足感。这种感觉说来也模糊，毕竟我没有为戒烟付出多大努力，我只是被治疗入侵了而已。

“我们大概是唯一不被保护的弱势群体。”乔安娜笑道，她的嗓音热忱粗厚，典型的烟民。然后，她又像是在为全世界烟民代言一样，补充说：“我们还有你。”

随后她告诉我，她已经记不得自己刚过世的父亲嘴里没有叼烟的样子。父亲时常一大早就出门，如果被问起要去哪儿，他总是精神饱满地说："消磨早上啊！"这是多大的智慧啊，我想。吸着烟走啊，走啊，就为了消磨早上。

我觉得自己正在重新学习，认识生活中不为人知的那一面。

我重读、整理了一些陈旧的文档，发现了一年前的这段笔记："我右手食指有伤，不便吸烟，其他一切都好。"

*

对于烟民来说确凿无疑的事，看在不吸烟的人眼里却可能是文学虚构。比如胡里奥·拉蒙·里贝罗①写过这样一个妙不可言的短篇：某烟民绝望地纵身跃下窗户，只为了捞回半包香烟；又或是几年之后，垂危的烟民每天前去海边，像饿狗一般娴熟地扒拉土块，只为了找到埋藏在砂砾中的烟头。不吸烟的人根本读不懂这些故事，他们觉得这是夸大其词，读起来也毫无兴趣，可是一个烟民却将之视若珍宝。

"如果没有香烟，我将会是怎样？"一九五八年，里贝罗在给他兄弟的信中这样写道，"现在是下午三点，我已经吸了三十支烟。"随后又解释说对他来讲，写作就是"吸烟乐趣的附属产物"。随后他用这样无可辩驳的理由告辞：

---

① 胡里奥·拉蒙·里贝罗·苏尼加（Julio Ramón Ribeyro Zúñiga，1929—1994），秘鲁作家。

“我只剩一支烟了，所以这次就写到这里吧。”

我可以只吸烟不写作，却没办法写作时不吸烟。正因为如此，如今这即将无法写作的可能才让我害怕。这些天我唯一能做的就是继续读这些笔记。

*

刚到蓬塔阿雷纳斯[①]之前，我第一次在飞机上读了会儿书。我长大后才开始旅行，从来没坐过允许吸烟的飞机。因为不能吸烟，所以我也没法读书。烟灰缸出现在座位上让我有些紧张。

我想起伊塔洛·斯韦沃[②]那句振聋发聩的名言：“无烟不读。”

其实是可以的，可我并不记得自己在飞机上读了什么。我读得很不痛快。也不知道是没有痛痛快快地读上一本好的小说，还是好好读了一本让人不痛快的小说。不过反正我读书了，这是行得通的。

我合上文档，不去看头痛发作那一段。真是了不起啊，对自己的日记撒谎，我这浑蛋！我该把讲发作的那段标记出来才对。那是在蓬塔阿雷纳斯的墓地。我最大的心愿就

---

① 智利麦哲伦省首府，位于南极地区。

② 伊塔洛·斯韦沃（Italo Svevo），真名为埃托雷·施米茨（Ettore Schmitz，1861—1928），意大利小说家，剧作家。

是去那儿走走，想想里恩[1]的诗，诗里说到“为粉身碎骨而奋斗的安宁”。这可不就是看到意大利柏树后的印象么（“这两排恭谨肃立的柏树”），还有那些给人启迪的陵寝，小天使们的坟墓，刻着外语的墓碑，小巧的壁龛，凋谢得恰到好处的花儿。我看着大海，加洛·吉利奥蒂在一边玩着饮水机旁的冰块，巴里恩托斯则趁机参观家眷们的墓地。我们默默走着。我想着里恩说的这种安宁，这种为了粉身碎骨而奋斗的安宁。忽然间，我若无其事地向加洛讨过一支香烟，直到吸了四五口，我才记起自己戒烟了。那时，我感到一丝苦涩，一种巨大的排斥感。我倒是吸完了那支烟，但相当吃力。

我是真的不吸烟了，我思考着。
我是真的不思考了，我吸着烟。
治疗不允许我吸烟。

*

第四十 / 二十六天。

我包里带着萨克斯的书，还进行了勾画，准备向医生证明，吸烟和丛集性偏头痛之间没有必然关系。“萨克斯挺逗的。”神经专家这样回答我。事实上，他并不确定自己是

① 恩里克·里恩·卡拉斯科（Enrique Lihn Carrasco，1929—1988），智利诗人、戏剧家、小说家。

否读过这本书。我指出了他话里的矛盾，追问那他如何知道萨克斯挺逗。他没理我。我有些激动：“以前的医生们可都是要读书的，”我说，“以前的医生都挺有文化。”

他并没生气，不过看我的眼神就像在看一个外星人。除非是我，像医生这样的人，是绝不会带着如此明显惊讶的神情看一个外星人的。

我告诉他我可以把萨克斯的这本书借给他，但他不要。这会子他是真的生气了，像训一个孩子一样训斥我，慷慨激昂地痛诉香烟的危害。我感到这就像他剥去了我深爱之人、一个绝不该被他如此诽谤之人的皮肤。不过在这世上，我最大的愿望毕竟是不要再这样钻心地头痛。我会继续治疗的，一定会。我有信念。

我想起了塞尔希奥喜欢的那几段文字，好像是出自一个叫做恩斯特·杨德尔[①]的诗人之手：“医生对我说 / 不可以接吻。”而我的医生则对我说不可以吸烟。

*

大概是从十一二岁开始，几乎同一时间，我贪婪地爱上阅读，也有了偶尔吸烟的习惯。后来在大学里，我为香烟和阅读之间建立起了稳定的联系。那段时间，柯特主要在读海因里希·伯尔，而我唯一的事情就是效仿柯特，好

① 恩斯特·杨德尔（Ernst Jandl，1925—2000），奥地利诗人。

成为他的朋友，所以就搞来一本《小丑之见》[①]。在这本美丽而苦涩的小说里，主人公们成日吸烟，差不多每页，或者说平均每页都吸。每次读到书中角色点燃他们的香烟时，我也点燃我的，好像这样就能融入到小说中。或许我就是文学评论家们所说的那种“体验式读者”，与书中角色共悲欢、同吸烟。

我一直读着伯尔的书，并且坚持每当书中人物吸烟时，我也效仿。我想，在我接下来读过的伯尔的另外几本小说中——比如《九点半钟的台球》《一声不吭》和《无主之家》——主角们也都是大烟鬼，不过现在我不太确定了。我也就是从那时起有了烟瘾。准确地说，成了一个职业烟民。

我当然不会蠢到去说，我成为职业烟民都是海因里希·伯尔的错，不是的，这恰恰是他的功劳。说起这些也真是没劲。多亏了这些小说，我更好地认识了自己的祖国和我自己。这些小说改变了我的人生。可我还能离开香烟而重读它们吗？

另外，在他的《爱尔兰日记》中有颇为精彩的一段，伯尔说，如果电影院不许吸烟，他就没法看电影。我亲爱的远在天国的朋友啊，你是不知道，有多少回，由于烟瘾发作，我不得不从电影院提前退场。

---

① 和后文的《九点半钟的台球》《一声不吭》和《无主之家》都是德国作家、诺贝尔文学奖得主海因里希·伯尔的长篇小说。

*

五十 / 三十六。

一九九〇年，我十四岁时，从我家到游泳馆的距离是抽两支烟的工夫。两支烟，第一支出门时点燃，之后来上个间隙，接着是第二支，刚好在进入第一大道的游泳馆时抽完。我们会在那里再点一支，但那算不得第三支，而是在球杆和撞球中度过的一天中的第一支。每时每刻，我们总有一支点燃的香烟在大家的嘴唇间传递。(我还记得这个表述，我特爱用："冷静，拿抹粉来。"我需要冷静和抹粉)

打网球时也一样，前往我表兄罗德里格家需要两支半香烟的时间，然后从那儿再花上一支烟，去到一块空地，也不知哪位老好人在那儿牵起了一张网。我们时不时停下来抽两口，好几次还边打球边吸烟。打球时表兄总是赢我，而在吸烟这种极限运动上，我总是赢他。

*

昨晚，在布宜诺斯艾利斯，我又犯头痛了，这全怪我那新染上的热情。

我"新染上的热情"是指我总是靠人太近，就跟那些冷不丁冲上去拥抱别人的家伙差不多。或者说，我是在模仿那些我一直瞧不起的人。我就是在变成这样的人。如今我忍着焦虑，表述着不成熟的情感，可我并不会随随便便就扑向别人。我只靠近可以拥抱、值得拥抱的人。我的动作算不得正儿八经的拥抱，只是伴着不合时宜的紧张微笑的轻微手势罢了。

跟我们一起的有麦扎、玛顿、里薇蒂娅、梅兰、卡裴娅和瓦蕾莉娅，还有几个人，虽然认识不久，我却将他们视为值得交往的新朋友。除了啤酒——其实我并不特别喜欢，不过在将我的偏头痛不公平地归罪于啤酒那么多年后，我总算又可以喝了——我们的欢愉还有另一个重要原因：游客的欢乐，过客的祝福。以这种让人惬意的身份，我继续激烈地跟他们讨论耸人听闻的文坛秘事。大家针锋相对、互不相让，陈述着含混不清却振振有词的观点，好在和谐友好的气氛中始终占据上风。我谢过大家的好意，也顺从地在一张餐巾纸上记下他们向我推荐的所有小说的名字，可后来却一个疏忽，拿那张纸抹了嘴。我吃了好几大块肥肉，每一口都匆匆灌下啤酒。

突然间大家开始对我的事情有了兴趣，我不得不用我尴尬的智利方言跟他们解释，我戒烟并不是出于自愿，而是医生的要求，是为了治偏头痛。真奇怪，桌上竟没人表示他们也患有或曾患有偏头痛，于是话题就这样转移了。我发现他们很关注我说话的方式，还好，谢天谢地。一个不知是来自罗萨里奥还是科尔多瓦的批评家——一个招人烦也惹人爱的家伙，他在我们的聊天中不时插上一两句，有时显得饶有兴致，有时又像是强颜欢笑，轻蔑地注视着我们——用他疯子般闪闪发光的眼睛看着我，说："拜托，再抽一回吧，智利朋友。”麦扎表示赞同，玛顿也加入了，随后是里薇蒂娅，所有人都欢呼着：“来吧！来吧！智利朋友，来抽烟吧！为智利而抽！”

我顺从了。我抓起一支红色万宝路点燃，吸了一口。那味道真恶心，还好抽到第二支时我感觉好点了。我的让步让一切重归正常，罗萨里奥小子——嗯，也可能是科尔多瓦或萨尔塔小子——开始描述他自己参与群交的一次经历。一时间我甚至以为他的真正意图就是把我们都骗上床，不过其实他只是想晒晒自己的隐私而已。很快，就像在上演一出荒诞剧，他又恢复到自己懒洋洋的发言频率中。

昨晚的最后一支烟是为了给麦扎在饭店酒吧请我喝的几杯威士忌助兴。我睡到中午才醒，差不多到了收拾行李往埃塞萨国际机场出发的时间了。真可怕，“醉”不单行，我第一次分出了宿醉的层次和等级：酒精带来的醉意倒是可以忍受，可那八九根香烟的后劲儿却挥之不去。难道是药物出于谆谆教诲的目的加重了我宿醉的恶心？今后，我一定争取把我的热情控制在合理范围内。

*

今天早上，我在阿古斯蒂纳广场附近散步，看到一个跟我年龄、身形和肤色都相仿的男子迎面走来。男子正在吸烟。

那一瞬间，我想的是：嘴里叼着“那玩意儿”可真奇怪。男子的那一口烟抽得相当悠长，像是个慢镜头。

突然间，我很想吮吸或是吞咽他的脸庞。我先是感到莫名其妙，然后一阵排斥。这男子叫我恶心。过了一会儿——没多久，也就是紧接着，但的确是过了一会儿——我反应过来自己的恶心源于我和那人之间惊人的相似。

我看到的全是共同点，只有寥寥几处明显不同：裤子颜色（我可不会穿那种被叫做“蛋卷黄”的颜色），男人的左耳上挂着一只铁钩形状的耳环，我只有少许胡楂而他则胡子拉碴，最后就是，呵呵，他嘴边那支重要的香烟，曾经，我也有。

*

我在福格威尔[①]的一部作品的封底读到：

“我航海无数，种了几棵树，养了几个孩子。我在修改这些文章时，第五个孩子即将出世。在阳光下思考、大海中遨游和养育孩子是我最美好的活动，我将一直继续下去。”

然后我又想起了尼卡诺尔·帕拉在《完成的任务》中的这段：

① 鲁道夫·恩里克·福格威尔（Rodolfo Enrique Fogwill，1941—2010），阿根廷社会学家、小说家。

| | |
|---|---|
| 种过的树 | 17 |
| 孩子 | 6 |
| 发表的著作 | 7 |
| 合计 | 30 |

我当然不会蠢到也通过这些参数来回顾自己的人生。不过昨天在办公室，我跟乔安娜玩着 Excel 电子表格，最后捣腾出一笔惊人的账目——我现在知道自己这辈子大概吸过多少烟、为此花过多少钱了。大概是出于帮助自己治疗的目的，我随身带着这个账本，却不敢把这些数字公诸于众。我是真感到难为情，可这一切都是事实：这几十年来，我每月花在香烟上的钱相当于一份房贷。换句话说，我是个宁可吸烟也不要房子的人。我是个吸掉了一套公寓的人。

*

又是一次发作，个中细节不提也罢。我绝望至极，吸烟也解决不了问题（因为这问题压根儿就没法解决）。我又一次感到恶心，不过至少这恶心好歹让我分了点儿神。

*

又是一次发作，其实是上一次的延续。这种偏头痛根本没法用传统疗法对付。我并不认为这是丛集性偏头痛，这种痛跟以前不一样，何况我的嗓子、肚子、全身都痛。

“烟草在香烟尽头燃烧。”马塞多尼奥[①]笔下的一位角色这样说过。

*

我也不知道这是二零几几年的哪一天。

记得我住在马德里附近的巴耶卡斯镇马拉尼奥萨街一座偏僻的屋子时，一起合住的还有三个西班牙保安（两个男的和一个快要临盆的孕妇，她在巴拉哈斯机场工作）和一个前来闯荡的阿根廷男人，这男人以前是警察。有天早上，我发着烧，几乎说不出话，点燃了一支皱巴巴的“公爵”香烟，从窗户望出去，用充满激情又倍受压迫的喊叫高声朗诵恩里克·里恩关于马德里的诗篇：

不知我在此地有何名堂
我年迈体乏、疾病缠身、满怀思绪
与生俱来的西班牙语
是众多文学陋习之父
和我紧密缠绕的西班牙语
把我引领到这座城市
让我经历我应受之苦：
用垂死的语言喃喃自语。

---

① 马塞多尼奥·费尔南德斯（Macedonio Fernández，1874—1952），阿根廷作家、哲学家。

我像是在阳台上跟天下人打招呼，却又不是跟任何人打招呼。我报复着这座城市，却也在同时以我的某种方式巴结着这座城市。我觉得那支“公爵”可以列入我人生最美好香烟的名单。

*

“被坚持不懈地吸掉的黑暗，”梅里诺[①]的一首诗这样写道。这形象非常准确：烟火尚存，吸烟者抬起头来，以免火星飞落，更不至于胡乱挥舞着毛毯，生怕自己没有灭掉那一星掉落在床被间的孤独的火焰——要是落得跟克拉丽丝·李斯佩克朵[②]一样，那可就惨了。

梅里诺还有一句话写得颇具同情心：“除了你嘴上的，就没别的烟了。”床上的奥内蒂没有香烟，气恼不已、情绪暴躁地写着短篇小说《井》。这莫名其妙的存在主义，就是因为缺烟！“我吸完了我的香烟，一动不动。”

我戒烟是因为偏头痛，不过这并不是最主要的原因。事实上，我既怯懦又雄心勃勃。我怯懦到希望自己可以多活几年。真是荒谬啊，真的，希望多活几年，好像这样就

① 罗伯托·梅里诺（Roberto Merino，1961—　），智利诗人、记者。
② 克拉丽丝·李斯佩克朵（Clarice Lispector，1925—1977），出生于乌克兰的巴西女作家，曾在吸烟时睡着。

能多幸福似的。

我已经吃完了药片，第九十天过去了。我已经不再数日子，不再吸烟。这次我确定，真的，我不吸烟了。我想吸，但这只是心理上的愿望，不是生理上的。

毕竟，没有香烟的生活并没有更加美好，不管我吸不吸烟，偏头痛早晚会再来的。

*

“剧烈头痛，但相当幸福。”凯瑟琳·曼斯菲尔德[①]在她的日记里写道。难道她的意思是因为这种剧痛比往日的要轻一些，所以让人开心吗？我真是搞不懂。

这是记者哈思敏·萝拉丝采访阿曼多·乌里维[②]时的对话：

> “您从不担心香烟会要了您的命吗？”
>
> “无所谓，听好了，我并不认为人类的平均寿命这么长是什么好事儿。”

---

① 凯瑟琳·曼斯菲尔德（Katherine Mansfield，1888—1923），新西兰作家、新西兰文学奠基人，同时也是一位文化女权主义者。

② 阿曼多·乌里维·阿尔赛（Armando Uribe Arce，1933—　），智利作家、诗人、律师、外交官。

*

墨西哥畅销书作家费尔南达·法米莉娅——她既是电视明星，也是加布列·加西亚·马尔克斯的亲戚及其论坛博主——捏着根电子香烟漫步在利马书市。这是新发明的戒烟产品，也是我目前最渴望的东西。可惜书市上没有卖这个的，而且据说这玩意儿还挺贵。最重要的是，我已经戒烟了。真蠢，我现在连努力戒烟的权利都没有。我不仅戒了烟，还戒掉了戒烟的努力。

我花了二百索尔——大约是七杯超大份皮斯科酒的价格——买下了安东尼奥·希斯奈若思[①]的《你不该喝的水》的早期版本，还有阿尔瓦罗·穆迪思[②]的《灾难的元素》。对任何一趟旅行来说，这都是意外惊喜。可我没有读，可能我已经不喜欢读书了。

*

按照费尔南多·佩索阿[③]的方式来讲，可以说："我抵

① 安东尼奥·阿方索·希斯奈若思·坎波依（Antonio Alfonso Cisneros Campoy，1942—2012），秘鲁诗人。

② 阿尔瓦罗·穆迪思·哈拉米佑（Álvaro Mutis Jaramillo，1923—2013），哥伦比亚诗人、小说家、散文家。

③ 费尔南多·佩索阿（Fernando Pessoa，1888—1935），葡萄牙诗人、作家、文学评论家、翻译家。本句中提到的"圣地亚哥"在佩索阿的原话中为"里斯本"。

达了圣地亚哥，却没找到结论。”

昨天，有人问我，在我看来，智利文学最大的问题是什么。走廊里随便聊聊时来问这种问题也真是搞笑，不过，走廊聊天总是没啥意义，或者说，对我遇到的大部分情况来说，走廊聊天就是大家各自散开的前奏。不过我还是肯定地回答，智利文学最大的问题是用“细加利约”而不是“细加罗”表示“香烟”——在智利，明明没人说“细加利约”，我们都说“细加罗”。我挥着手，像是在敲打一张无形的桌子：“可智利作家却都用‘细加利约’这词儿。”最后我喊口号似的补充了这样一句，“我是写‘细加罗’的人！”①

这话立即起了作用，大伙儿表示赞同，不过聊天的兴头也就此减弱。

四个人以上的聊天总是无法善终，尤其是发生在走廊时。我得接受这事实：我郁闷又易怒。我的行为连自己都厌烦。

*

就像老话说的，长夜漫漫。一个个无眠的夜晚，要么读书，要么写作，满满的烟灰缸伴着深深的厌恶。清晨时分，烟屁股插满了咖啡渣铺就的烟灰缸——我依然满怀伤感地记得这场景——活像是密密麻麻的缝衣针插在针盒上。

---

① 智利西班牙语中用“细加罗（cigarro）”表示“香烟”，而该词在西班牙则多指“雪茄”，西班牙用“细加利约（cigarrillo）”表示“香烟”。

我读《季诺的意识》时是什么年纪呢？大概二十、二十一吧。我很少开怀大笑，其实那时我认为读书的时候是不该大笑的。“既然有害，那我再也不吸烟了，不过还是让我先来上最后一支吧。”

“如今一切都愈发无聊透顶。”两年前，刚服用过“戒必适”的编辑朋友布雷思韦特跟我坦言。他看上去孤苦无依，像一只胆怯的小兽在朝着深渊吠叫。他说，没有烟，哪本书读着都没劲，阅读已不再是享受。几个月后我又遇到他，点烟的样子真是帅呆了。他看着我的双眼说：“我活过来了。”于是那天下午，这位朋友跟我谈论新近读过的天才作家、妙手偶得的小说和精美独特的诗篇。他的活力、机敏和优雅，连同那震动声带的热忱、所有美感，都一一复苏。

就在今天的某个时刻，我有了这样的感受：孤独的释然。我接受了这个事实，即一切都会愈发无聊透顶。毫无疑问，文学也一样，而生活，尤其如此。

我是个被化学物品的进攻摧毁了勇气和生活、不会吸烟的人，我是个连自己是否会继续写作都不知道的人，因为我写作是为了吸烟，而现在我已经不吸烟了。我阅读也是为了吸烟，而我现在已经不吸烟了。我已然才思枯竭。我记下周遭的一切，好像别人乐意知道我还有梦想，知道我会酩酊大醉，知道我全心全意厌恶拉法埃尔·阿拉内达[1]

---

① 拉法埃尔·路易斯·多明戈·阿拉内达·马图拉纳（Rafael Luis Domingo Araneda Maturana，1969—　），智利电视节目主持人。

似的。

在打台球时，有这种情况：如果某张球桌旁空间不足，我们就无法舒展开来瞄球、击打。

这就是我如今的生活。

昨夜我写了这段探戈词的开头：

忧伤，安详
我都不再向往
或许有一天
没有乌云，没有阳光
我冷冷地看着
烟灰缸
我空洞的嗓音
没有光彩，没有爱

我挺喜欢“空空的烟灰缸”这个意象，前所未有，一如此刻：它怎么就空了呢。

*

香烟是生命的标点。如今我活得没有标点，没有节奏。我的生活成了一首傻乎乎的先锋派诗歌。

自从有了疑问，我就没了香烟。那些香烟在我们危险而幸福地向答案，或是向不存在的答案靠近时，行将燃尽。

感叹的香烟，省略的香烟。我想优雅地点上一支分号的香烟。

生活中没有音乐，只得苟且继续，既无法回头，也无法靠近忽远忽近的语句。

我读着理查德·克莱恩[①]，想到应该吸着烟欣赏他的文采。他说得很有道理："吸烟产生美学满足的不同方式，催生出反思的意识，这都是令人无法抗拒的艺术和宗教体验。"

我对音乐的最初记忆来自罗格·纳尔巴哈[②]一支副歌优美的曲子："我期待唤醒清晨 / 在床上抽吸着时间 / 用你的脸庞、肉桂和木炭 / 去填满空间。"那时我六七岁，一个"抽吸时间"的男人的形象令我印象深刻。那大概是我第一次将吸烟和时间流逝联系在一起。

那真是首好歌："生命的街道上 / 我掺杂着谎言和真相。"我也挺喜欢这家伙唱："我戒了酒 / 吃你最爱的水果。"

是的，我真的在生命的街道上掺杂着谎言和真相。至

① 理查德·克莱恩（Richard Klein），美国康奈尔大学文学教授，著有《香烟：一个人类痼习的文化研究》。

② 罗格·纳尔巴哈（Roque Narvaja，1951—　），阿根廷创作歌手、吉他手。

于最爱的水果，我连自己喜欢哪种都不知道。不过绝不会是这种令人作呕的东西：看上去长得像西瓜，在墨西哥、哥伦比亚和厄瓜多尔，或许还有委内瑞拉吧，被称作“木瓜”，却偏偏跟智利的木瓜长得大不相同[①]（据说是同一种水果，可我真没法相信，也懒得上网去查）。我没有戒酒——虽然倒是该戒，不过五个月前，我戒了烟，这让我成为了一个更多健康、更少欢乐的人。

我打开杂志，有篇文章叫《团结的圣诞》，我却看成了《孤独的[②]圣诞》。我也搞不懂圣诞有什么好写的，反正它也不经常出现。

在我看来，我们正走向一个荒唐的世界，在这个世界里，所有的歌都是迭戈·托雷斯[③]唱的，所有的小说都是罗伯托·安贝罗[④]写的，所有的电影都是罗宾·威廉姆斯[⑤]演的。在这个世界里，最好连甜点都不要去期待，因为除了大盘子里令人反胃的牛奶米饭布丁，别无所有。

---

① 智利常见的木瓜和文中提到的几个国家常见的木瓜分属不同品种，外形上有所不同。

② 西班牙语中“孤独”与“团结”拼写、发音相近。

③ 迭戈·安东尼奥·卡西亚·托雷斯（Diego Antonio Caccia Torres，1971—　），阿根廷演员、创作歌手。

④ 罗伯托·安贝罗（Roberto Ampuero，1953—　），智利作家。

⑤ 罗宾·麦罗林·威廉姆斯（Robin McLaurin Williams，1951—2014），美国演员、导演。

*

我是专栏记者，不过我真想知道我是写什么的。

*

我可不想有朝一日，人们这样评价我："这人完蛋了，他连烟都不吸。"

这治疗真是荒唐透顶。

我的满足感非常空虚。我该重新学着吸烟。

既然有害，那我再也不吸烟了，不过还是让我先来上最后一支吧。再来一支。再来上千支。我只再多吸一千支。这辈子最后一千支烟。

我也不知道自己有没有打括号。

如今：

# III

# 多谢了

“依我看，你俩准是一对儿，又偏不想公开。”——“我们不是一对儿。”两人异口同声。这倒是事实：两人从一个多月前开始，一起睡觉、吃饭、读书、上班，所以，如果有个小题大做的人，仔细思忖他俩的对话，观察他俩是如何亲热的；如果有个古板守旧的人，还相信老一套把戏的话，肯定会认为他俩是真心相爱的，至少分享着一种欲罢不能的、稳稳当当的激情，正是这激情把两人稳稳当当而欲罢不能地捆绑在一起。可他们并不是恋人，如果说有什么他俩都心知肚明的事，那就是这个了。她来自阿根廷，他来自智利，接下来，最好——其实真是再好不过了——我们就这么称呼他俩吧：阿根廷女和智利男。

他们本打算步行回家，还聊到了长距离步行是件多么愉快的事，甚至还把人分为曾经长距离步行过和没有这样做过的两类，于是呢，他们就自觉高人一等了。他们本想着步行呢，结果脑子一热，就叫了辆出租车。好几个月前——那时他们还没到墨西哥城呢——他们就收到过友情提示，得知绝不可以在街上叫出租，可这回他们还是破例了。没走多远，阿根廷女觉得司机在故意兜圈子，就低声跟智利男说了，后者则高声宽慰她，不过他的话一点儿作用都没起到，因为接下来司机已经停了车，然后上来两个男人。智利男的表现集英勇、果敢、懵懂、天真、傻气于一体：他一拳打在其中一个男人的鼻子上，女人在一旁大叫“住手！住手！住手！”时，他还余兴未了呢。最后，智利男住手了，匪徒也怒了，狠狠揍了他一顿，好像还打伤了他身上某个部位。不过，这都是好久前的事儿啦——已经过去十分钟啦！这会儿，匪徒已经抢走了他俩的现金和信用卡，连密码也听两人讲过了。两人捂着眼睛，度过了看似漫长、实则短暂的一小会儿。“闭上眼睛，他妈的浑蛋！”匪徒命令。现在匪徒有三个人了，因为原先的司机下了车，上来了另一个人掌管方向盘。这位从后边坐着小卡车来的新司机揍过了智利男，正调戏着阿根廷女。而这忍气吞声地被打来拽去的两位，如果知道这场打劫即将谢幕的话，一定会谢天谢地。很快，这两人就会吃力地相互搀扶着，默默走过康迪萨区的某条街，因为眼下，匪徒已经问过他们要去哪儿，他们则回答说去康迪萨，于是匪徒说：“那就把你们丢在康迪萨吧！我们还没那么混账，可不想看到你们绕太多路。”不可思议的是，在放两人下车前，匪徒们还给了他们一百比索，让他们叫出租车回家。不过当然了，他们没有叫出租车，而是上了地铁。有时，当她抽泣两声，他就搂住她。另一些时候，他强忍泪水，她就像在出租车上一样，用脚尖碰碰他。因为在车上，匪徒勒令两人保持距离，她只好一直用自己的右脚凉鞋挨着智利男的左脚。

在两个站台中间，地铁停了好长时间，大概有六七分钟。这种事儿在墨西哥城是家常便饭，可就是这种平平常常、司空见惯的延误，却让他们苦恼不堪，觉得这真是无中生有，定是有人刻意为之。列车关门，重新启动，终于到了目的地，两人继续步行回家。阿根廷女跟两位朋友合住，因为她和智利男不住一起嘛，后者是跟一位厄瓜多尔女作家合住。阿根廷女的室友则是一个西班牙男和另一个智利男。他们三人算不得朋友，就算是，也并不是因为这层关系才住在一起。一切都是偶然，大家都是作家，因为一份墨西哥政府奖学金而前来该国写作，其实他们最不爱干的事情就是写作。奇怪的是，当两人打开家门，西班牙男——一个眼睛大得离奇的热心肠小个子男人——居然正在写东西，而智利男二号不在家——没办法，只能叫他“智利男二号”啦。这故事编得不太好，有了两个智利男，应该只有一个才对，其实最好一个都没有，可哪怕现在智利男二号不在呢，事实上还是有了两个。智利男一号和二号也算不得朋友，确切地说是敌人，至少在智利的时候是。如今一号和二号在墨西哥相会，彼此都心里清楚，再争下去也是荒唐，大可不必。再加上那些争斗都是暗地里较劲，要和解也挺容易，不过两人同样心知肚明，他们不可能成为朋友。从某种程度上说，这想法就跟酒精一样，反倒让他们轻松、亲近了——所有这帮人中，数他俩最能喝。这会子，阿根廷女和智利男一号被打劫归来，智利男二号却不在，只有西班牙男在客厅桌旁，全神贯注地写着什么，旁边立着一个可口可乐瓶，说他是抱着这可口可乐瓶子也不为过。两人向他讲述刚才的遭遇时，他大为震惊，停下了手里的活儿，宽慰了他们，听他们倾诉，讲了些轻松有趣的笑话来缓和气氛，还帮他们查到号码去向银行挂失——阿根廷女和智利男被抢劫了三千比索现金、两张信用卡、两部手机、两件皮外套、一条银项链，还有一架相机。事实上，智利男正是去找阿根廷女取相机的，想给她拍照，因为她长得可美了。这话的确没什么新意，可有什么办法呢，她的确很美嘛。当然了，智利男会想，如果自己不去拿相机，就不会坐上出租车，那么一连串可能的蝴蝶效应就会让他们避开这场打劫。

阿根廷女和智利男跟西班牙男讲了自己的遭遇，讲得活灵活现，像是再次身临其境。智利男暗自思忖，这遭遇是让他们更亲密了呢，还是更疏远了；而阿根廷女恰好也在琢磨同样的问题，可两人谁也没说出口。这时，智利男二号回来了，他刚去参加了一个聚会，进门后一屁股坐下来，抓起一块鸡肉，边吃边开始侃侃而谈，完全没察觉到有什么异样。过了一阵子，他才发现智利男一号脸颊肿胀，正找来冰袋想做冷敷。或许智利男二号原本觉得智利男一号脸上贴着冰袋没什么大不了，或许在他那个诗人的独特世界里，有人在大晚上往脸上贴冰袋也是平常事儿。可事实明明不是这样，大晚上往脸上贴冰袋可不是什么平常事儿，于是他开口问怎么了，得知经过后叹道："太可怕了！今天下午我差点遇到了一样的事儿！"然后，他开始滔滔不绝地描述他差点成为受害者的那场"差一点儿"就发生的袭击，讲他最终没有摊上这事儿是因为他突然之间决定下出租车。谈话间，他们大口喝下一瓶龙舌兰，西班牙男和阿根廷女吸下了一支自制卷烟。

此刻，屋里又进来一人，好像是西班牙男的朋友。阿根廷女和智利男又开始讲下午的事情，尤其是后半部分，也就是在出租车上的最后半小时。对他们来讲这算是下半场，因为整个打劫持续了一个钟头。在前半个钟头里，两人都为性命担忧，后半个钟头则不再如此。虽然怕得要命，但两人隐隐感到，不管折腾多久，这些匪徒终究是不会杀了他们的。那时，匪徒们说起话来已经不那么暴力，或者说，就算暴力，但还透出点儿平静文雅的气息——“我们以前也搞过阿根廷人，不过还没搞过智利的。”开车的家伙说，话语中满是好奇，还向智利男打探起智利国情，后者则谨慎作答，二人的关系俨然如餐馆里的服务生和顾客般轻松。开车的家伙对这类问话像是驾轻就熟、游刃有余，智利男想，如果他把这事儿说给别人听，准没人信。接下来几分钟，智利男的这种感觉更加强烈了。跟他和阿根廷女一起坐在后座、握着枪的家伙说：“我看，你俩是一对儿吧，只是不愿公开。”两人齐声否认，说他们不是一对儿。“怎么不是？”劫匪问，“怎么不谈恋爱呢？你又不丑。嗯，丑是丑，但还凑合，要不剪剪头发，应该会好点，这是七十年代的发型吧，现在谁还这傻样！还有这大眼镜，我来帮你个忙好了。”说着，匪徒扯下他的眼镜，一把扔出车窗。一瞬间，智利男想到了刚看过的伍迪·艾伦的一部电影，电影里主角的眼镜被弄坏了好多次。智利男微微一笑，可能只是心里暗笑，就像有的人感到害怕，但脸上还是会微笑一样。

“我剪不了你的头发，我没剪子，明天我要记得弄把好剪子，给以后遇到的智利佬剪头发。我们可真不够意思啊，搞了那么多阿根廷人，却只有这一个该死的智利人，今后我们要专搞长毛智利人。我倒是有刀，可总不能用刀子剪头发啊，刀子是用来切了那些个混账智利人的命根子的。你男朋友倒是有种，不过有种的人有时候也会丢了这玩意儿。你就跟他说，别留着那玩意儿了。你看，我有这东西，我差点就想要操了你。阿根廷妹子，我没操你可不是因为不喜欢你，你长得标致着呢，我见过的阿根廷妹子中，你是最正点的。不过这会儿我干正事儿呢，操你我就不能干活儿了，要是操逼都算正事儿，我可不就成鸭子了么。就算你看不到我的脸，照样能知道我不是做鸭的。我倒真想露脸给你看，你就知道我是个帅哥劫匪，哪怕没带剪子，但好歹会剪头发，只是用刀剪不了，智利小子。我可以一刀切了你的命根子，不过你得留着它用在阿根廷妹子身上。这把枪也能用来剪你的头发，但这也太浪费子弹了，我得留着子弹哪，万一你又有种了呢？那我可就要先杀了你再操阿根廷妹子了。智利佬，我真想操你女朋友。我没打算杀你，不过倒是真想杀了你；我也没打算操她，但我倒是真想操了她。她长得真是不错，一点儿不输给墨城最火辣的坐台小姐。换了我，我也一定选你，阿根廷小妹，我要是逛窑子，一定挑个跟你最像的，阿根廷小妹妹哟。”

开车的家伙问阿根廷女支持博卡俱乐部不，虽然看上去回答支持更好点儿，可作为萨斯菲尔德球迷，阿根廷女还是说了实话。智利男在这事儿上倒没问题，他喜欢的科洛科洛是这伙匪徒唯一知道的智利球队。随后他们又问起马拉多纳，阿根廷女随便扯了几句，司机便骂骂咧咧地说小豌豆埃尔南德斯比梅西厉害多了，然后又问他们喜欢墨西哥的哪支队伍，阿根廷女说自己不大懂足球——这可就是撒谎了，她明明懂得不少嘛，懂得比这个认为小豌豆强过梅西的可怜劫匪多多啦。智利男没有诌出类似的瞎话来为自己掩护，紧张得不得了。有那么漫长的一瞬间，他战战兢兢地想，这帮人究竟是支持墨西哥美洲狮俱乐部、美洲俱乐部、蓝十字还是瓜达拉哈拉芝华士俱乐部呢，毕竟他曾听说墨西哥城也有不少球迷看好芝华士。最后，他还是决定从实招来，回答说自己喜欢蒙特雷俱乐部，因为奶嘴苏亚索效力于该队。司机不喜欢蒙特雷，却崇拜奶嘴苏亚索，于是对他的同伴说：“别杀他们了，看在奶嘴苏亚索的分上，饶了他们这条小命。”

“谁是奶嘴苏亚索？”智利男二号问，其实他多少是知道点儿的，只是想借此表示自己对足球毫无兴趣。这问题本该由智利男一号作答，可西班牙男精通足球，于是介绍说这是智利中锋，看上去胖乎乎的很迟钝，其实不然。他属于蒙特雷，曾成功效力于皇家萨拉戈萨俱乐部，后来因为西班牙人付不起他的转会费，又回到了墨西哥。智利男二号说他也一样，看上去胖乎乎的，其实瘦得一把骨头。

智利男一号和阿根廷女依然过从甚密，不过谨慎有加。毕竟，虽然大伙儿都看出他俩是一对儿，但好歹他们还没承认呢，还想着法儿不叫人看出来。这倒不完全是因为害臊，而是因为绝望，或者说，凡事单纯明了、用是否“在一起”就能说明问题的时光早已不在；又或者，事情倒也真的简单，他们却不愿面对。两人没有同居真是不可理喻，毕竟他们是要一起过夜的，读书上班也总在一起，还同吃同睡——通常是智利男睡在阿根廷女那儿，不过有时候阿根廷女也留在智利男和厄瓜多尔女孩合住的公寓。智利男和阿根廷女本想各自待着，但那个夜晚却在对遇袭细节的回忆中变得漫长无比，这些细节更是在两人间催生出崭新的情谊。最后，他借口去卫生间，然后就钻进了阿根廷女的房间，后者在客厅又待了好一阵，接下来两人就睡在了一起。

她花了好长时间洗澡，还逼着他也去洗。“好把被打劫这事儿冲掉。”她说着，想起了那伙人对着她自慰的情形，说来说去也无非是些眨眼就结束的事。她挺感激，真的，下出租车时，她的确对那帮家伙说了“谢谢啊！”这话她今晚已经说了好多遍：“谢谢啊！谢谢各位。”她谢了招待他们的西班牙男，谢了忽视他们但也算招待了他们的智利男二号。还得再次感谢那伙打劫的，再说一句：“谢谢啊！

谢各位不杀之恩，让我们还能活下去。”

她也感谢智利男一号。两人相互爱抚，但心里清楚，这天晚上他们不会做爱，他们会紧紧相依，欲罢不能、稳稳当当地聊着天。入睡前，她跟他说谢谢，而他过了一阵才坚定地回答：“谢谢！”两人睡得不香，但好歹是睡了。第二天，他们还在议论此事，像是已经准备好面对爱情，携手一生。如果有人客观地观察他俩，有人古板守旧，有人相信并搜集这类故事并且希望好好讲出来，有人依然相信爱情，又见过他俩，这人一定会认为，他们会在一起，天长地久。

# 世界上最智利的人

致岗萨罗·玛耶尔

二〇一一年中旬，她获得一份“智利奖学金”，前往鲁汶读博。他当时在圣地亚哥一所私立学校教书，愿意跟她同去，过上那种“永远在一起”的日子。然而兜兜转转好一阵子后，两人最终在一个伤心的夜晚、一场马马虎虎的性爱后，决定最好还是分手。

头几个月，艾丽莎给了他各种暗示，他也自以为正确解读了这些信息，却依然没法确定艾丽莎是不是真的思念他。可另一方面，他又认定，那些冗长的邮件、“脸书”上那些肆意撩拨的留言和调情，尤其是 Skype 上那些难忘的“午夜（他的下午，她的深夜）”亲密视频，都只能有一种解释。本来，就这样继续下去，然后慢慢冷淡、忘记，是再平常不过的事，顶多也不过是在多年以后，当各自又都经历了新的创伤，会再见上一两面，这是两人都能接受的。不料，桑坦德银行佩德罗·阿奎瑞·塞尔达分行为罗德里格开了一个活期账户和一张信用卡，一时间他辗转于各个柜台，不停签下“我同意”和“我接受”，最后输入密码 B4C9F8。就这样，一月初，他背着所有人——背着她——去了比利时。

在几乎一整天的旅途中，他脑子里全然没有半点想法、半点主意。飞往巴黎的航班上，他被接连不断的气流吓得够呛，好在平时飞得少，更没有长距离飞行，他又有些稀罕这冒险的感觉。其实他也不是真害怕，甚至还设想自己见多识广地评价一句旅途的波折。他准备了几本书在双肩包里，不过，既然头一回乘坐有这么多娱乐设施的飞机，他可不得花上好几个小时来考虑看什么电影或电视剧嘛，结果最后一部都没看完，倒是很尽兴地玩了几局“谁想成为百万富翁”游戏。

在查尔斯·戴高乐机场乘地铁时，他有些滑稽也有些平庸地想，自己可并不想成为百万富翁啊，从来没这么想过呢。这个琐碎、偶然、也有些愚妄色彩的念头，不知怎么就让他想到了“成熟”，这个平日里让他轻蔑、不屑的词。可如今，这个词却在他脑子里熠熠生辉起来，或者说，好歹光亮了那么一小会儿，又或者说，至少不像平日里一般黯淡无光，还或者，就算跟平日一样暗淡、死板、空洞，却并不让他以此为耻。从布鲁塞尔到鲁汶的列车上，他还思忖着这事儿。莫名其妙地花光了信用卡的几乎全部额度前往比利时就为了见见艾丽莎，在他看来，这就是成熟的标志。

那在鲁汶发生了什么呢？真是再糟不过了。不过有时候最糟的也就是最妙的。不得不说，艾丽莎是应该再温和点儿的，别那么绝情。可如果她再温和点儿，他可能就搞不清状况了。她不想给他这个机会。他在车站给她打电话时，艾丽莎还觉得这是个玩笑，不过，她边接电话边往前走，直到走到一个角落，离他大概也就百来步的样子，已经看得到他了，却没告诉他。而他还坐在自己的行李箱上打着电话，半是腼腆，半是紧张，一会儿看地，一会儿看天，样子又自信又单纯。艾丽莎看了却只觉得反感——虽然她尚未理清自己的感情和思绪，但有件事是确凿无疑的：这些天，她不想跟罗德里格在一起；这些天不想，今后也不想，没有任何一天想。或许，她还是有些爱着他的，喜欢他，乐意跟他聊天。可现在，跟俗套的电影情节一样，他从天而降，期待着拥抱，像是要摇身一变成为明星，成为为了爱情穿越世界的大英雄，这在艾丽莎眼里，与其说是喜悦，不如说是羞辱。

艾丽莎迈着大步急匆匆往回赶时，兜里的手机震个不停，可她直到半小时后，都坐到床上了才接起来，语调淡淡的："我不会去找你的，我不想见你，我有男朋友（说谎），我们一起住，我再也不想见你了。"此后她又接了九次电话，每次的回答都一样。最后，为了让这事儿更玄乎，她加了一句，说她男朋友是德国人。

当然了，如果要把艾丽莎再也不愿见罗德里格的理由细细道来，是可以另讲一个故事的。那个故事的重点是：她需要彻底的改变，需要把教会学校那个小小的智利圈子扔在身后，寻找新的方向。总之，跟罗德里格一刀两断是顺理成章的事，对大家都好。不过她或许该换种方式，就这么把他晾在那儿，眼巴巴、可怜兮兮地坐着，是有些不厚道，可她的确该跟他结束了。这会儿，艾丽莎躺在床上，听着随机播放的音乐（比如沙滩小屋乐队[①]的新歌），心情非常平静。

罗德里格心烦意乱地在城里瞎逛。他觉得路过的这些女人中，有二三十个都比艾丽莎好看，想着为何汉斯——他决定管那德国人叫这名儿——偏偏选中了这个既不风骚也不美貌的智利娘们儿呢。这样想着，他便回忆起了艾丽莎那过人的床上功夫，顿觉一阵反胃。他继续瞎转悠，不过这会儿，想到艾丽莎就是个婊子，或是类似这些人在气头上会有的念头，他眼里便只有这座满是美女的风光小城。他漫无目的地走着，可鲁汶这座城市小得不容人漫无目的，没过多久，他就回到了车站。他在智慧之泉芬斯克前面停住，这几乎是艾丽莎对他讲过的关于这座城市唯一的事情：有座喷泉，里面有个小孩儿还是学生还是男子在看着书本上的幸福配方，头上淋着水（或是啤酒）。在他看来，就算不去考虑“幸福”二字的讽刺意味，就算无视“幸福配方”，这喷泉依然怪异多于可爱，甚至还有些挑衅或是粗俗的感觉。他一直盯着喷泉。不知怎么，那天喷泉有些乏水，像是要枯了。他抽着下车后的第一支烟，也是踏上欧洲大陆后的第一支：远道而来的智利贝蒙特[②]。虽然一直很冷，但他这会儿才觉察到脸上、身上寒风逼人，像是真的

① 沙滩小屋乐队（Beach House），美国马里兰州双人乐队，成立于二〇〇五年。

② 智利烟草品牌。

要刺穿骨头一样。他打开行李，翻出一条宽大的裤子套上，再加上一件毛背心和一顶帽子，可惜没有手套。有那么一瞬间，罗德里格有些愤怒、冲动，觉得自己大概会被冷死，活生生冻死。可是这多讽刺啊，要知道，更加怕冷的人是艾丽莎啊，她是他交往过的最怕冷的女友、认识的最怕冷的女人，哪怕在夏夜，她都经常披着背心，裹着披肩，抱着热水袋。

罗德里格坐在车站旁一个卖华夫饼的小店边，想起世界上最怕冷的人那个笑话，这是他父亲唯一爱讲的笑话。那还是很多年前，在佩尤维海滩的篝火旁的一幕。父亲通常落落寡欢、古板严肃，讲起这笑话却像变了个人似的妙语连珠。任谁看到父亲在众人面前这落落大方、逗乐不止的模样，都会认定这是个风趣优雅的男人，甚至可能擅长讲述大段的笑话，讲得花样百出。要知道，逗人的可不是那结尾，而是表演者的幽默、对细节的表现、讲得旁逸斜出却照样扣人心弦的本事。这个笑话开始于智利南部的亚雷纳斯角，一个孩子被冻哭了，手忙脚乱的父母用奇洛埃岛上特产的羊毛毯子裹住他。后来，迫于无奈，父母不得不带着孩子迁往更暖和的地方，于是他们开始追着阳光搬家，从康塞普西翁、马尔卡、库里科，到圣费尔南多，一路向北，经过圣地亚哥，好一番曲折之后，落脚在拉塞雷纳和安托法加斯塔，最后又辗转抵达春城阿里卡，可这些都无济于事，已经长大成人的小孩还是觉得冷。好在他长大了，于是，这个世上最怕冷的人游遍拉美，只为寻到气候适宜的地方，可是不管是秘鲁的伊基托斯还是厄瓜多尔的瓜亚基尔，直到委内瑞拉的马拉开波、墨西哥的墨西卡利或巴西的里约热内卢，他都感到刺骨钻心地寒冷。在美国的亚利桑那州、加利福尼亚州，以及非洲的开罗和突尼斯也毫不例外。他裹着毛毯，把这一座座城市抛在身后，哆哆嗦嗦，瑟瑟发抖，抱怨个不停。不过他从不骂骂咧咧，虽然过得并不舒坦，但这个世界上最怕冷的人还是维持着起码的礼貌和热忱。正因为如此，当这个恼人的问题最终得以解决——这个世上最怕冷的人，一个智利人，终于被冻死了——没人怀疑他会轻轻松松上到天堂。

开罗、亚利桑那州、突尼斯、加利福尼亚州，罗德里格想着这些地方，几乎要笑出来：怎么不说鲁汶呢。出于孩子气的隔阂，他已经几个月没和父亲见面了。他想，父亲应该希望自己的儿子在这种情况下可以勇敢一点吧。不，其实他并不清楚，在他如今这般境地，父亲会希望他有怎样的表现。父亲可从来不用信用卡，更不会像自己的儿子那样，冒冒失失地飞过上万公里，到头来被人一脚踹开。"要是我爸，他会怎么样呢？"罗德里格又一次恳切地问自己，却给不出任何答案。或许他该马上回到智利，或者就一辈子留在这儿，开始新的生活也行。最后，他决定回布鲁塞尔。

人们在鲁汶和布鲁塞尔、布鲁塞尔和安特卫普或安特卫普和根特之间来来回回，但这些路程太过短暂，称他们为“旅人”似乎有些夸张。不过，对于罗德里格来说，去往布鲁塞尔的那半小时却无比漫长。他想象着艾丽莎和汉斯在这座学术氛围浓厚、别具欧洲风情的怡人城市漫步，又一次忆起了艾丽莎的身体。一次急性阑尾炎后，他曾看着这具躯体慢慢康复，带着伤痛的微笑对他敞开怀抱。他也记得，在那之后一个星期天的早上，她赤身裸体往伤疤上抹玫瑰精油的样子。好像就在当天晚上，她玩弄着伤疤附近他温热的体液，用食指写写画画，笑得喘不过气。

罗德里格下了列车，走过几个街区，却无心欣赏街景。他依然满脑子想着艾丽莎和汉斯，想着鲁汶，直到四十分钟后，才惊觉自己把行李箱落在了车上。箱子跟别的旅客的行李一起放在角落，他就这样背着双肩包下了车。他高声有力地对自己吼道：“傻 ×！”

他在车站附近买了点炸薯条，在角落里吃起来。起身时，他感到一阵眩晕，但并不是真的头晕。他想买包香烟，然后随便走走，却又不得不因为身体不适而放弃。他以前从未有过这样的眩晕感，而且越来越厉害，像是有什么东西在他体内释放了。他感到自己快要晕倒了，好不容易才稳住身子，继续前进。双肩包没什么分量，但他还是把它放在一旁，试着走了几步。头还是晕，他只得停下脚步，靠在一家鞋店的橱窗上。他就这样缓缓地扶着橱窗前行，像是一只蹒跚学步的蜘蛛。同时，他还不忘瞟瞟商店里琳琅满目的巧克力、啤酒和灯具，以及餐馆里的健康食品和礼品店里的小玩意儿：能当筷子的鼓槌、镜筒样式的杯子和一大堆微缩模型。

一个小时过去了，罗德里格才艰难地走过七个街口。万幸的是，他在街边小摊花十欧元买到一把蓝色雨伞。刚开始他还是走得跌跌撞撞，不过雨伞给了他信心，又走了几步后，他已然觉得自己稳当多了。直到这时，他才有心打量一下这座城市，也直到这时，他才渴望了解并开始了解这座城市。他想，一切或许都只是大梦一场，或许自己还在智利圣地亚哥秘鲁街区的武器广场或是大教堂。不，也不是，他想的是另一回事。他想的是，自己想着武器广场；想的是，自己想着这一切都是大梦一场。

下午四五点，商店开始打烊，屋里和汽车都亮起了灯光，这真是最难分辨白天黑夜的时刻。罗德里格朝远离市中心的方向走去，不知不觉就进了一家洗衣店，于是决定在那儿待一阵子。其实他也没多想，就在那儿停了脚。旁边有两个人在读着书等待他们洗好的衣物。气温不高，不过好歹不冷。真是荒唐，明知缺钱，明知每块硬币都珍贵得紧，罗德里格还是脱下裤子、衬衫和袜子去洗。他搞不懂这些陈旧，甚至看上去有点危险的洗衣机是怎么运作的，不过，最终启动机器时，他感到一阵莫名的、巨大的满足感。他呆呆地看着衣服转动，专注得像是在看电视上一场冠军杯决赛。可能对他来说，这比冠军杯决赛还有意思吧。透过玻璃看着衣服在机器里被洗衣液浸湿，跳来撞去，他像是有了重大发现一样，想着，这是自己的衣服，属于他的衣服，是他穿过上百次的裤子、袜子，还有这有些褪色的衬衫，真是再好不过了！这可是他在重要场合才会穿的。他还记得自己的躯体骄傲地套进这衬衫的样子，看上去古怪、虚荣、蠢笨。说不定，这恰好是他对于“刻奇”[①]的媚俗理解。

随后，他进了一家叫做“美好人生”，看上去还算实惠的比萨店。接待他的是布兰特，一个笑容和蔼的土耳其人，会说几句法语和佛兰德语，但对英语一窍不通，所以两人嘴里的嘟嘟囔囔似乎只是为了表明自己并非聋哑，其实完全只能凭手势交流。罗德里格吃了一块那不勒斯比萨，觉得美味无比，于是又点了一杯咖啡。他无所事事，不想再继续瞎逛，也没想好是否要找家便宜的酒店或旅馆住下。他想问问布兰特店里有没有无线网，可要比画出一个代表“无线网络”的手势实在是太难啦。他可真是昏了头，居然忘了最简单的办法：直接说用各种语言说 WIFI，直到布兰特听懂为止不就完了吗。恰巧，这时皮特来了，他高得出奇，戴着红色粗框眼镜，右眉上挂着数不清的眉环。除了英语，皮特还多少会点儿西班牙语，甚至多年前还在智利待过一个月。终于有人和罗德里格说话了。

几个小时后，罗德里格已经置身于皮特那位于比萨店正对面的华丽公寓的客厅。主人准备咖啡时，罗德里格从落地窗望着布兰特，他正跟女服务员和另一个男人一起关店。罗德里格似乎尝到了那么一丝日常生活的激励、痛楚或曙光。他打开笔记本电脑，连上网，却没有看到艾丽莎

---

① 原文使用了“kitsch”一词，出自米兰·昆德拉的小说《生命中不能承受之轻》。

的留言，好在他也并没指望。他试图联系上一位中学同学，他记得这同学从好多年前开始就住在布鲁塞尔。很快，他就在“脸书”上找到了那位同学，可他现在却在智利看望自己生病的母亲，虽然也想尽快回到比利时继续学业，但恐怕最近得一直待在圣地亚哥。十分钟后，朋友发来一条消息，推荐他一定要去大胆尝尝比利时烧酒[①]（“酒不醉人，但后劲儿大”），别去吃烤苦苣（“烤苦苣就算了，肉丸和淡菜薯条还不错”），要来一个加了德国酸菜和芥末的热狗，买点布鲁塞尔大广场附近的加勒巧克力，逛逛皇家画廊书店，别错过乐器博物馆和玛格丽特博物馆……总之，说了一大堆在罗德里格看来遥不可及，几乎像是天方夜谭的旅游攻略。要知道，这次出行可不是、从来都不是一趟观光旅游。罗德里格很是沮丧，信用卡里的余额所剩无几，而钱夹里只有一张一百欧元的票子了。

这时，巴特回来了，他是皮特的编辑，住在乌德勒支。到那时，罗德里格才知道，原来皮特是位作家，出版了两部短篇小说集和一部长篇小说。他欣赏皮特的这种低调和腼腆。他想，如果自己是作家，同样不会逢人就四处张扬。

巴特居然比皮特还高，是个将近两米的巨人。他跟一位同样叫做巴特的朋友一起经营一家小出版社，打理新生代作家的作品。这些作家几乎全是写小说的，大部分是荷兰人，也有少数比利时人。说来有意思，另外那位巴特因

① 原文为瓦龙语：peket。

为爱上了一个哥伦比亚波帕扬城的姑娘，所以住在哥伦比亚，在网上处理一切事务。眼前这位巴特则负责销售，主要面对一些非商业性质的小书店，另外也组织一些小型活动或讲座，本人亲自销售书籍。

巴特为人和气，虽然讲得一口流利的英语，还是会在想不起某些词语时比画上活灵活现的手势。将近晚上十点了，三人逛过几个路口，罗德里格感觉舒坦了很多。虽然并无必要，他还是靠在雨伞上以防跌倒。三人到了“协会”——一个有些冷清的酒吧，每周四有诗友会。这天不是周四而是周二，顾客稀稀拉拉。“这样更好。”罗德里格想，他很是享受这私密的、日常朋友相聚般的氛围，享受着跟新朋友惬意的闲聊，享受着劳拉略含讽刺的精妙言论。对了，劳拉是位意大利女招待，一眼看去并不惊艳，但越看越顺眼。这可不是因为观者喝多了酒，而是的确需要时间来细细品味她的美貌。朋友们点了奥弗啤酒，罗德里格则要了好几杯红酒。皮特问他是不是不爱喝啤酒，他说不是，只是因为现在太冷，他更喜欢红酒的温热。众人开始议论比利时啤酒，这可是世界一流啊。皮特告诉他现在还不算冷，有些年的冬天比这可怕多了。于是罗德里格想着跟他们讲讲那个世界上最怕冷的人的笑话，却不知道用英语怎么说“怕冷”，于是说“我……”然后加上瑟瑟发抖的动作。巴特说“你怕冷”[①]，结果所有人都被搞懵了。罗德

① 原文为英语，英语中“智利”和“怕冷”二词发音相近。

里格以为他们在谈论智利，因为自己是智利人嘛，他还以为所有人都知道了呢。一通乱糟糟的误会喧闹后，大伙儿才明白过来，这是一个关于世界上最怕冷的人的故事。而罗德里格强调说，这个世界上最怕冷的人绝对是智利人，“世界上最怕冷的人，”他开怀大笑。这是第一次，他在比利时的土地上像在智利那样开怀大笑。

罗德里格怯怯地开始讲笑话，边回忆故事，边想着说不定在比利时或荷兰会有一样的笑话。说不定，就像世界上有那么多国家一样，这笑话也会有好多种版本。他的听众倒是很给面子，听得愈发兴致勃勃，完全入了迷。一个一个城市名字让他们听得津津有味，有些名字在他们看来真是稀奇古怪（“‘阿里卡’听上去就像‘噢萨卡’①。”巴特说）。当这个世界上最怕冷的人，这个智利人，在曼谷灼人的阳光下被冻死时，朋友们哈哈大笑，随即又抱头惋惜。

这个世界上最怕冷的男人生前是个好儿子、好父亲、虔诚的天主教徒，所以圣彼得②毫不犹豫地在天堂接待了他，可麻烦也随之而来。真是太不可思议了！天堂里明明没有了冷热之别，或者至少不像咱们平时感受的那么明显。何况，在这舒适的天堂酒店，所有房间都是会按照客人的需求自动调节至适宜温度的，可这位先生还是冷得慌。他虽说克制有礼，却也满腹牢骚、喋喋不休，最后，连天堂

① 日语：大阪。
②《圣经·新约·马太福音》记载，耶稣将天国钥匙交由彼得掌管。

里那点儿仁慈的耐心也终于被他消耗殆尽，众人心生厌倦，一致认为这个世界上最怕冷的人该去寻找真正适合他的气候。上帝本人亲自下令将他贬入地狱，要是在那儿还冷，那可真是匪夷所思。然而，尽管地狱里烈火熊熊，热浪逼人，处处是巨大的锅炉和拥挤不堪的人群散发出的热气，世界上最怕冷的人还是觉得冷。这事儿传到了魔鬼撒旦耳中，他觉得虽然颇为棘手，但也挺有意思，当即决定管上一管。

一天早上，撒旦亲自把智利人带到了最热的地方：太阳中心。为此，撒旦不得不穿上一件特制的礼服，不然可是会被烤焦的！两人双双来到一间小屋前，打开门，智利人满是期待、满心感激地钻进去，留在了里面。就这样过了几个星期、几个月、几年，直到有一天，魔鬼好奇心大发，决定去看望智利人。于是他又穿上那件特制礼服。因为上回去的时候他觉得自己有些灼伤，还特地在外面又套上两层斗篷。刚打开小房间的门，他就听到智利人在里面吼道："拜托关上门，冷啊！"

"拜托关上门，冷啊！"罗德里格模仿道，他的笑话秀大获成功。"我看啊，世上最怕冷的人就是你，"巴特对他说，"我想请世上最怕冷的人尝尝世上最可口的啤酒。"皮特提议去一家酒吧，那儿有上百种啤酒，可最后大伙儿又决定去个近点儿的地方，那地方暗中销售维森特乐——这可是世上最好的啤酒。路上，虽然不确定有这必要，罗德里格还是拄着雨伞。他觉得也许用不上伞了，可以扔了它，可想来想去还是又拄上了。他听着帕特拉修道院僧侣们的故事，他们居然酿造并限量销售啤酒，这让他感到不可思议。他盼着这酒能合自己口味，事实也的确如此。其实三人一共就买了一瓶，因为哪怕一瓶也要花上十欧呢。

凌晨两点，为了让罗德里格不再拄雨伞，三人相互搀扶着回到公寓。大家似乎都在借酒发挥，于是在客厅里又喝了一阵，有一搭没一搭地聊天说笑。“你可以睡这儿，但只限今晚。”皮特说。罗德里格表示感谢。二人拖出一张床垫，巴特则倒在一张沙发床上，给自己盖上了毛毯。罗德里格暗想，万一半夜巴特有所举动的话，自己该如何应对，要不要拒绝呢？想着想着，他就睡着了，巴特也呼呼大睡。

罗德里格一大早醒来，客厅里就他一人。他有些宿醉的感觉，喝过咖啡后，他舒服了一些。他向街上望去，看着栋栋楼房和比萨店静悄悄的大门。他想跟皮特告辞，于是轻轻推开卧室门，看到他和巴特相拥而眠。罗德里格给二人留下便签表示感谢，随后从楼梯下了五楼。他毫无目的，不过可以独立行走这事儿让他勇气倍增。一到街上，他就试了试，期待着皆大欢喜的结局，却失败了：他重重地跌倒在地，裤子都磨破了，膝盖流血。他靠在角落，痛得挪不了身，发着呆。天开始下雨，就跟那些主角头上顶着乌云的动画片一样。不过，这场雨对谁都一样，可不是下给他一个人的。

冷雨稠密，他该找个地方躲起来才是。钱已花得所剩无几，可他别无选择，只能再买一把雨伞。这会儿，他本该想起艾丽莎，狠狠咒骂她才是，可他没有这样。这会儿，他已经有两把雨伞了，蓝色的用来当拐杖，黑色的用来遮雨。他用介绍自己姓名、出生日期般平静的语调，大声说道："现在我有两把雨伞，蓝色的当拐杖，黑色的遮雨。"他重复着这话，开始往前走，唯一的目的就是：往前走。

# 家庭生活

致保拉·卡纳尔

天气不冷不热，和煦明亮的阳光穿透了云层，一时间，天空看上去清澈透亮，宛若画作。马丁坐在公车的最后一排，戴着耳机，跟小青年一样摇晃着脑袋。不过，他可不算是小青年了，完全不是。他年届四十，一头微鬈的黑色长发，肤色白皙——得了，还是以后再来描述他吧，这会儿，他已经背着双肩包，拎着手提箱下车了，穿过几个街区，寻找一个地址。

这份工作的内容是喂猫，时不时给地板吸尘，以及每天早上浇一浇那几盆看上去迟早要枯死的室内植物。“我要少出门，尽量不出去。”他想着，心里暗自开心：出门也就是买点儿猫粮，给自己买点儿口粮而已，还有辆银色菲亚特可供他不时开开（说是“让车透透气”）。没多久，他就找到了这户人家。这会儿是晚上七点，这家人第二天一大早——清晨五点半——就要出发。现在，让我们按照姓名字母顺序来认识认识这家人：

——布鲁诺：文学课教师。胡须稀松，小麦色皮肤，身材高大，爱吸黑色烟草。

——康苏艾洛：布鲁诺的伴侣，不是妻子。两人并未结婚，但行为举止与夫妻无异，有时又不如夫妻。

——索菲亚：小女儿。

小女孩儿追着猫咪跑向楼梯，没有跟马丁打招呼，连看都没看他一眼。恐怕如今这些小孩儿都不会跟人打招呼了，这或许也不赖，反正成人们已经招呼得够多。布鲁诺一边跟马丁交代工作细节，一边跟康苏艾洛争论要如何收拾行李。随后，康苏艾洛走向马丁，态度和蔼得让后者有些心慌，毕竟他并不习惯和和气气。康苏艾洛带他看了猫床、沙盘和让猫磨爪子的猫抓板。其实，不管哪样都没多大用处，猫咪爱睡哪儿就睡哪儿，大小便都拉在庭院里，爪子把所有椅子都抓了个遍。康苏艾洛还给马丁演示了如何使用小门，这东西可以让猫只出不进，或者只进不出，或者随时进出。“我们一直开着它。”康苏艾洛说，“让猫自由点，就跟以前父母把家里的钥匙交给我们一样。”

马丁觉得这扇小门可真有意思，以前他只在电影里或是《猫和老鼠》那部动画片里见过。他本打算问问这门在哪儿买的，随即又想，说不定圣地亚哥到处都是这种宠物门，只是自己不曾留意罢了。

“不好意思，”他冷不丁问道，“你说我们父母什么？”

“什么？”

“你刚才说什么‘我们父母’，或是‘爸爸妈妈’。”

“噢，我说，这门对猫来说，就像是以前，我们父母给了我们家里的钥匙。”

两人客套一笑。马丁出门吸烟，看到庭院里有块两米半见方的空地，本该种点花草灌木，可是却光秃秃的。他小心翼翼地把烟灰掸在草地上，灭了烟头，花了整整一分钟来思考要扔在哪儿，最后把它放在了一块发黄的草甸上。他从门槛往室内看，觉得个这家虽不算大，但亲切可人，颇具匠心。他贪婪地打量着一个个陈列柜、钢琴和英式茶几上那个巨大的红色沙漏。想起自己小时候特别喜欢沙漏，于是他把它翻了过来。“每次十二分钟。”小女孩对他说，她在最高一级台阶上，正想逮住小猫。紧接着，孩子问他是不是马丁。“是。”“想玩跳棋游戏吗？”“好的。”

猫儿挣脱了小姑娘。这猫是杂灰色，短毛细密，身材颀长，尖牙外露。小女孩上上下下好几趟，小猫密西西比显得相当温顺。它靠近马丁，马丁本想摸摸它，但有些迟疑，他从未养过猫，不怎么了解它们。

索菲亚回来时已经换上了睡衣，穿着奇洛埃羊毛手工拖鞋，走得踉踉跄跄。康苏艾洛叫她别添乱，赶紧回屋睡觉，可孩子却搬来一个沉重的盒子——起码对她来说显得很沉重——在客厅桌上摆开了棋盘。孩子七岁，刚学会下棋规则，当然，也多少懂得点儿技巧。她皱起眉头、双手捧脸的样子真是可爱啊。两人开始下棋，可显然，不到五分钟，两个人都感到没劲了，尤其是马丁，于是他提议比谁先输。一开始孩子没弄明白，随后甜甜地、又讥讽地大笑起来：“输了的算赢，目标就是看谁先输，牺牲堂吉诃德和杜尔西内娅，因为这是塞万提斯棋嘛，只有风车，没有高塔，勇敢的桑丘潘萨们都在冲锋陷阵呢。”

“太蠢了，”马丁暗想，“一套文学棋。”

棋子有些褪色，显得很笨重。虽然马丁并不算神经敏感的人，但此时整个家却让他感到心神不宁，好在这感觉并不强烈。这家里的物品陈设肯定遵循着某种矫情的室内设计理念，总透出一股子凿枘不投的气息，隐隐显得怪异，像是所有的东西都不愿待在自己的位子上。马丁想，不管怎样，自己还是该庆幸可以在这么明亮的房子里住上一阵子，这房子毕竟跟自己平常蜗居的阴暗小屋大不一样。

康苏艾洛牵走孩子，唱着歌哄她入睡。尽管听不真切，马丁还是觉得不该去听，不然自己就像个入侵者。布鲁诺给他端来通心粉，两人一言不发地吃了，刻意装出大男人狼吞虎咽的样子，像是在宣告“趁没有女人在，我们也不必擦嘴了”。喝完咖啡，布鲁诺又来了点儿加冰的伏特加，而马丁还是愿意接着喝红酒。

“你们要去的城市叫什么名字？”马丁没话找话地问。

“圣艾蒂安。”

“就是国家队比赛过的那地方？”

“什么国家队？”

“足球，一九九八年法国世界杯的时候。”

“不知道。圣艾蒂安是工业城市，有些破旧，我去那儿教关于拉丁美洲的课。”

“在哪儿呢？”

“你问圣艾蒂安还是拉丁美洲？”

这玩笑普普通通，没多大创意，不过好歹管用。两人就这样不知不觉开始闲聊，像是在挖掘某种姗姗来迟的亲切感。孩子在楼上睡觉，不时传来可能是康苏艾洛呼吸的声音或轻微打鼾的声响。马丁意识到打从自己进了这个家门，在门槛边看到康苏艾洛起就一直想着她。“你要在这儿待上好几个月，”布鲁诺说，“抓紧时间泡点邻居妹子吧！”“我倒是想泡你老婆。”马丁暗想，想得如此出神，生怕自己会大声说出来。“好好过，兄弟。”布鲁诺亲热地说。他有些醉了，他们可不是兄弟，他们的父辈是堂兄，马丁的父亲刚刚过世，两人正是在葬礼上重逢的。如今两人如亲人般相待也自有道理，这大概是唯一可以快速建立信任的方式吧。其实这房子本来是打算出租的，但又怕被房客糟蹋得厉害，而不被糟蹋又根本是不可能的。好一番几近绝望的折腾后，马丁成了布鲁诺雇来看家的最佳人选。之前，两人少有来往，或许曾经某些时候，当两人还是年龄相仿、在周日被父母逼着一起玩耍的孩童时，也算得上朋友。

布鲁诺再次向马丁叮嘱了电话里说好的事，然后把钥匙给了他，两人一起试开了所有的锁。布鲁诺还跟他交代了门上的一些小毛病，然后又一次夸赞起待在这里的种种好处，只是这次没再提什么邻居妹子了。随后，他问马丁喜不喜欢看书。

“一般吧。”马丁回答，这不是实话，不过他很快就坦诚多了，“不喜欢，我不喜欢看书，最不愿做的事情就是读书。”

“抱歉。”过了片刻，马丁看着满满当当的书架说，这感觉就跟进了教堂却声称自己不信上帝似的，“书里的糟心事儿太多了，好些个比我自己遇上的那些还不如。”他带着掩饰的笑容。

“没关系。”布鲁诺应道，像是赞许了他的评论，“好多人都这样想，只是不说而已。”随后他挑出几本小说，放在英式茶几上的沙漏边，“无所谓，如果你想看书了，没准儿这几本还能让你觉得有意思。”

“怎么？这些书都是写给不读书的人看的吗？”

“差不多吧，哈（他是这么说的，“哈！”不过并没有笑）！有几本算是经典，另外的要新一些，反正都颇风趣（说这个词的时候，布鲁诺丝毫没有掩饰语气中的卖弄之情，恨不得打上着重号）。”马丁说过谢谢，道了晚安。

马丁没有读那些书，连书名都没看一眼。他想着：给不读书的人看的书。想着：给刚刚死了老爹、早就没了亲娘、在这世上的孤家寡人看的书。给学业、工作、爱情（他想着这个：爱情）统统失败的人看的书；给一事无成、四十岁时给人看家分文不取或几乎分文不取就算有了出路的人看的书。失眠时，有人会数羊，也有人回顾自己的不幸。不过马丁压根儿没睡，他沉浸在对自己的同情中。其实说到头，只是因为睡衣穿着不舒服。

刚有了睡意，闹钟响了，正是早上五点。马丁起身帮着一家人打点行李。小索菲亚阴着脸下了楼，却又在一瞬间焕发出不知从何而来的精神劲儿。密西西比不在家，小姑娘想跟它告辞来着，哭了几分钟就止住了，像是完全忘了自己哭过。出租车到时，孩子犟着脾气非要吃完麦片再走，可最后碗里的食物几乎原封未动。

“打死所有小偷！”上车前，小姑娘这样要求马丁。

“那有鬼怎么办呢？”

“马丁逗你玩呢。”康苏艾洛立即应道，眼神紧张，“家里可没鬼，我们买房子的时候就知道，保证没鬼。在法国我们要住的家里也不会有。”

一家人刚走，马丁就倒在尚有余温的大床上，在床单间搜寻着康苏艾洛的香水味和体味，大嘴朝下，像是发现了什么独特的危险药品般捂着枕头睡着了。街上渐渐有了声响：川流不息赶着上班的人群、校车，以及一辆辆蠢蠢欲动的摩托，它们被心急火燎的车手控制着，企图避开堵塞。马丁梦见自己在一家诊所的候诊室，有陌生人问他是否已经收到检查结果。马丁的确是在等待某事或某人，但在梦里他记不清楚，却又不敢承认，只知道自己要等的不是什么检查结果。他努力回忆，发现这只是个梦，于是试图醒来，可醒来后还是在梦里，陌生人依然等待着他的回答。最后，他真的醒了，为不用回答那个问题，不用回答任何问题而倍感轻松。小猫在床边打着呵欠。

马丁把行李箱放在主卧，不过衣帽间的空间已所剩无几。地上有好几个装满衣服的口袋和塑料箱子，全都满怀戒备地包了个严实，另外还有几件衣服散落在一边。马丁找到一件小精灵乐队的文化衫，印着《弄潮儿罗莎》[①] 的专辑封面。“你以为我已死亡，但我即将起航。”马丁想起来了——其实这是另一张专辑的歌，他弄混了。他试图想象康苏艾洛穿着这衣服的样子，却想不出来，不过这衣服是中号，应该就是她的而不是布鲁诺的。尽管如此，马丁还是套上了文化衫。衣服太紧了，他显得异常滑稽。他就这么穿着文化衫和家居裤，去了最近的超市，买了咖啡、啤酒、面条和番茄酱，还有给密西西比的鱼罐头——马丁有自己的收买计划，他认为猫咪一定会这样想：这家人都走了，把我扔给一个陌生人，可是我有大餐吃！马丁几乎是拖着购物袋回了家。超市和家里隔了好多个街区，他想或

---

① 小精灵乐队（Pixies）美国另类摇滚乐队，成立于一九八六年，解散于一九九三年。《弄潮儿罗莎》是该乐队第二张专辑，发行于一九八八年。

许自己该开车去，但又害怕开车。到家后，他在厨房一边整理食物，一边看着小女孩留下的牛奶泡麦片，想着自己吃麦片的次数屈指可数，就把那一大碗都吃了个精光。

随后，马丁在二楼巡视了一圈。这层楼有布鲁诺的书房，房间宽敞，有一扇天窗，光照充足。书本完全按照字母顺序排列，还有不计其数的办公用品和挂成一线的文凭证书：学士、硕士、博士。马丁很快转移到了小女孩的房间，这儿全是图画和小饰品，床上还有些毛绒玩具，小吊牌上写着各自的名字。孩子带走了几个，父母要求她将剩下的放在衣帽间和箱子里，可她还是摆了五个在床上，还坚持给它们挂上名牌，好让马丁认识这些娃娃（一只穿着运动服的咖啡色小熊吸引了马丁的目光，它叫“狗狗”）。然后马丁又在楼上卫生间的一大堆杂志中发现了一本供初学者使用的乐谱。他下了楼，在电钢琴前坐下，钢琴却弹不响。他试着调试，但无济于事。不过他还是看着乐谱，按动了琴键，想象着自己是个清苦的乐师，因为没钱，付不起电费，只能日日如此摸索着练琴。

头两个星期没什么新鲜事，马丁过得跟设想中一样。一开始，日子似乎无比漫长，但渐渐就有了些规律——九点起床，盛满密西西比的食盘，早饭后（马丁继续吃着麦片，他发现桂格燕麦片很合自己胃口）去车库，发动引擎，倒腾一番油门，像是车手在等待出发指令。马丁总是小心翼翼地发动车辆，也敢于一天比一天兜上更大的圈子。回家后就听收音机新闻，打开客厅的落地窗，将沙漏倒过来，随着细沙和每分钟的时间细腻、决绝的下落，吸上一天中的第一根香烟。

然后，马丁会花上几个钟头来看电视，这还挺能麻痹人。他竟然对早间节目的措辞产生了亲切感，在这方面有了点儿见地，可以将各个节目进行头头是道的对比和评论，包括那些喜剧节目。当然，这要稍稍吃力点，因为他之前从未关注过这个圈子，一个明星都不认识，不过没多久就慢慢分辨得出了。每天中午，他都在床上看着电视吃泡面。

一天中剩下的安排是随机应变的，马丁习惯随意闲逛，他的规则是每次都去不同的咖啡馆歇脚，不同的杂货店买烟，免得对同样的地方产生亲切感。他有种莫名的想法，认为自己将来会怀念这样的生活。虽说这算不得什么梦寐以求的日子，但好歹也不赖，是段健康有益的时光。可这一切都在他发现猫咪失踪的那个下午改变了。马丁至少有两天没见着小家伙，食盘也原封未动。他向邻居们打听，可大伙儿都毫不知情。

一连几个钟头，马丁绝望、惊愕、不知所措，最后决定张贴寻猫启事。他毫无头绪、手忙脚乱地指望在电脑里找到一张密西西比的照片，却一无所获——出发前，布鲁诺清空了包含个人文件的硬盘。马丁又焦急地搜遍了家里每个角落，甚至为自己造成的凌乱场面有了成就感。他马马虎虎地查看了各个箱子、口袋和盒子，随随便便地取出一本本书籍——那可是好几十本。他粗暴地翻动书页，或是狂躁地抖动它们。马丁在书房柜子里找到一个红色小箱子，里面没有钱财珠宝，而是上百张家庭照，有些还镶了框，有些就这么散着，照片背后有拍照日期或是几句简短温馨的评论。他特别喜欢其中一张，照片尺寸比一般的大，康苏艾洛红着脸，嘴唇微张。马丁将小索菲亚的一张游泳培训证书从框里取出，把康苏艾洛的照片嵌进去，还挂到了客厅正墙上——他真愿意花上几小时抚摸那柔顺光亮的黑发！由于没找到密西西比的任何照片，他在网上查找灰色猫的图片，然后随便选了一张，再起草了一段简洁的文字，印了几十份，把它们贴到了路边的各个电线杆子或树干上。

回家后，他看到整个家，尤其是二楼，一片狼藉。想到这混乱是自己造成的，马丁心烦意乱。他看了看那些半开的抽屉、散在床上的衣物，还有过道上数不清的洋娃娃、照片和手链，以及角落里孤零零不成套的乐高积木，认为是自己亵渎了这个家。他顿觉自己像个小偷，也可以说像个警察，甚至还想到了“私闯民宅”这个特别严重的词。他悻悻地开始整理屋子，但又突然住了手，点燃香烟，还像年轻时那样吐了几个烟圈。他想象着是小女孩刚刚在这里和她的朋友们玩闹过，想象着自己是她的父亲，打开房门，生气地要求孩子整理屋子，孩子点头应允，但还是继续玩耍。他想象着自己去了客厅，一位美女——康苏艾洛或是长得像康苏艾洛的美女——递给他一杯咖啡，扬起眉毛，露齿而笑。于是马丁真去了客厅，为自己准备了咖啡，大口喝下，想象着一种有女人、孩子和稳定工作的生活，不禁感到胸口一阵刺痛。到这份儿上，一个词语不可避免地耀武扬威：忧伤。

说是心满自得也好，心不在焉也罢，马丁想起多年前，自己也扮演过一个小女孩的父亲。那孩子七岁，和索菲亚同龄。当年马丁十九岁，和母亲一起住在圣地亚哥市的瑞克雷塔，那时母亲尚未患病。一天下午，他在厨房听到埃尔瓦抱怨自己从来没空去参加女儿的家长会。马丁很是喜欢埃尔瓦和她女儿卡米，于是自告奋勇替她去。当然，这样做也出于当时他那巨大的冒险精神。那时候的马丁一头长发，模样稚嫩，怎么看也不像是做父亲的人。马丁去了学校，坐在教室最后一排。邻座是个跟他一般年轻的小伙子，只是瞧着略多几分男人味儿，显得更有阅历。

男子的右臂上有一个略深于肤色的咖啡色文身，写着“耶稣”。“你叫什么名字？”马丁问。男子指着文身回答：“这就是，耶稣。你看上去够年轻啊。”“你也是。我很小就当爹了。”这时，老师关上门开始讲话。迟到的家长陆续到来，门卡住了一次、两次……谁也没吭声，直到坐在第三排的一位胖胖的红发女士站起身来打断了老师，粗声粗气地质问怎么会有这种事，万一发生地震或火灾怎么办？孩子们会怎样？

跟所有懂得应当“三思而后言”的人一样，老师没有吭声。其实这会儿是个好机会，可以抱怨领导，指责体制，向国家教育部门发难，抨击皮诺切特，问责争取民主党[1]的无能和资本主义制度，总之，过错不在老师身上啊——毕竟她也曾提出申请，要修缮教室门。不过老师既不够机灵，亦不够大胆，于是抱怨声越来越多，她也任其发展，结果变成所有家长都开始高声呼吁、呐喊。不巧的是，这会儿又来了一位迟到的，于是门再次卡住。耶稣也在高呼，马丁正要加入，老师示意大家给予她尊重，让她说几句："非常抱歉，学校太穷，我们资金不足，我能理解各位的不满，但请想想，如果有火灾地震，我也会和孩子们一道被困在这里。"这句话的作用持续了两三秒，直到马丁怒气冲冲地站起身，指着老师，情绪激动地吼道："您又不是我女儿！"愤怒的家长们纷纷声援，马丁感觉棒极了。"你太了不起了！"会后一起去公交车站时，耶稣称赞道。分别时，马丁问他是否信仰耶稣，男子笑着回答："我信耶稣。"

"您不是我女儿。"此刻，马丁如祝祷般喃喃自语。晚上，他发邮件告诉布鲁诺：一切安好。

一天下午，从超市回来后，马丁发现自己的寻猫启事被覆盖了。他走遍整条街，发现自己的每张海报上都压着一张寻狗启事，失主出价两万比索寻找一条叫做"潘秋"的哈士奇和警犬混种狗。马丁记下了主人的名字"芭丝"

① 成立于一九八八年的智利中左翼党派，一九九〇年至二〇一〇年期间为智利执政党。

和电话。

厨房里有一瓶杰克·丹尼。马丁本来只喝红酒和啤酒，不太习惯蒸馏酒，可这会儿他一时兴起，给自己倒了一杯。每喝一口，他都发现杰克·丹尼非常合口味，简直爱不释手。就这样，当他想起给芭丝打电话时，已是酩酊大醉。“你把你的狗放在了我的猫上面。”这是他说的第一句话，语气冲动，没头没脑。

当时是晚上十一点半，芭丝心下讶异，但还是表示搞清了状况。马丁为自己过激的语气心生悔意，于是对话就在毫无新意的相互道歉中结束了。挂电话前，马丁听到听筒那头传来一声呼喊。是个小男孩的声音。

第二天一早，马丁从窗户看到一个年轻女人骑车过来，开始埋头于给寻狗启事挪地方的艰巨任务。马丁走到街上，在不远处打量着女子，下了这样的结论：不算漂亮，只是年轻而已。女子约莫二十岁，马丁简直可以当她的爸爸(虽然他并不乐意)。芭丝一张张揭下寻狗启事，重新把它们贴到原处的上方或下方。她在告示上折出印痕，好掩饰揉皱的痕迹，也顺便抹平了马丁的寻猫启事。女人动作娴熟，马丁几乎以为她是专干这行的，就像也有人专门负责遛狗一样。马丁暗自琢磨：这女人恐怕是寻狗小分队的一员吧。当然，这些都无所谓。

马丁上前自我介绍，并为深夜打电话表示歉意。余下的路段他一直陪着芭丝。一开始，后者有些言辞无措，不过随后两人的对话渐渐顺畅。他们聊到密西西比和潘秋，也聊到了各种宠物和养宠物的责任，甚至聊到了“宠物”一词本身。芭丝不喜欢这个词，觉得有轻蔑的意味。谈话间马丁抽了好几支烟，却不愿乱扔烟头，像宝贝似的把它们攥在手里。“那儿有垃圾箱。”芭丝突然告诉他。说着这话，两人也正好走到街角，各自散去。

那晚，马丁又给芭丝打电话，告诉她自己走了几十个街区找密西西比，也顺便找了找潘秋。这话听上去假惺惺的，其实是事实。芭丝谢过他的好意，没再多说。马丁开始每天给她打电话，对话虽然简短，但似乎这寥寥数语便足以证实自己的存在。

一周后，马丁看到一条跟潘秋长相相仿的狗，他试图上前，但狗受惊跑掉了。他给芭丝打电话，却不知该如何表述。这听上去分明像是撒谎，似乎只是为见她找个借口，芭丝却同意见面。两人碰头后，沿着街道找了好一阵，直到芭丝该去幼儿园接孩子。马丁想陪她去。“真不敢相信你都有孩子了。”他说。“有时候我自己都不信。”芭丝回答。

“又来了个献殷勤的。”这是孩子看到马丁后说的第一句话。他夸张地拖着自己的小书包，也不正眼瞧瞧马丁。不过当芭丝告诉他马丁可能见过潘秋后，孩子一下子兴奋起来，非要再去找找。三人走了好多地方，看上去真是完美的一家人。到了芭丝家，马丁跟母子俩告别。他和芭丝都心知肚明，他们还会再见。想必孩子也知道这一点。

密西西比失踪一个多月了，马丁已不指望还能找到它。他甚至给布鲁诺写了一封措辞含混的邮件，字里行间满是歉意，却不敢发送出去。可小猫在一个清晨回家了，它吃力地推开门，浑身是伤，腰上还有个巨大的脓包。兽医表示情况不容乐观，但还是施行了急救手术，开出了抗生素，让马丁每日喂服，还要喂它婴儿土豆泥并且每八小时清洁一次伤口。可怜的猫咪伤得太重，几乎连呻吟和挣扎的力气都没有。

马丁一心关注密西西比的伤势——如今他是真心疼爱它、照顾它——一连好几天都忘了给芭丝打电话。倒是她，一天早上给马丁打来了，听到这好消息后开心不已。半小时后，两人齐齐坐在小猫旁，抚摸着它，怜爱着它。

“你说你一个人住，可这像是有一家人住的房子啊。”看着康苏艾洛的照片，芭丝冷不丁冒出一句。马丁紧张起来，迟迟没有回答。最后，他低着头，像是被回忆刺痛，嘟嘟囔囔地说：“几个月、差不多一年前吧，我们分手了。老婆带着女儿去别的地方住，我和猫咪留在这里。”

“你老婆可真漂亮！”芭丝看着墙上的照片说。“已经不是我老婆了！”马丁应道。“反正很漂亮。”芭丝坚持，“你可从来没说过你有老婆。”

“我们才认识多久，哪里说得到‘从来’或者‘永远’之类的话。”马丁回答，然后又添了一句，“我不喜欢聊这些，聊着伤心，分开后我还没习惯。最恼火的是，康苏艾洛不让我去看孩子，她想要钱。”芭丝嘴唇半张，忧郁地看着他。马丁本该为说谎感到紧张，可他却看着芭丝那小巧稀松的牙齿、弯曲有致的鼻头、修长完美的双腿失了神。“你年纪轻轻就当爸爸了。”芭丝说。“是啊，”马丁回答，“小着呢。可能真是太年轻了点。”马丁已经完全入戏了。

“我十六岁就有孩子了，当时差点要去做人流。”芭丝说，像是要交换隐私。“那为什么没去？”马丁问。这问题愚蠢又失礼，可她不动声色。“因为人流在智利违法啊。”她表情严肃，但很快又笑了笑，双眼放光，“那年，我的两个好姐妹都怀上了，我本来打算跟她们去一样的地方手术，结果在最后关头后悔了，决定把孩子生下来。”

马丁和芭丝在客厅做爱，一开始似乎感觉不错，可他很快就结束了，并为此向芭丝道歉。“不打紧，”芭丝回答，“你可比我这年纪的男孩子厉害。”马丁想着“男孩子”这个他自己绝不会用的措辞，从她嘴里说出来却如此自然得当。他看着芭丝的胴体，一具丰满的躯体，背上满是泛红的斑痕。马丁很是欣赏。

两人每天见面，继续寻找潘秋。哪怕找到的可能性已经非常渺小，芭丝还是没有放弃希望。然后，两人会回家照顾密西西比。虽然进展缓慢，但小猫的伤口好歹一天天愈合起来，被医生剃光了毛的背部也长出了细密的浅色新毛发。与此同时，马丁自编自演的故事也日臻完美。有时候，他真希望事实就是如此。他需要这一切，可也期盼着这一切能尽快结束。毕竟，他总得说出真相。让一切都见鬼去吧！有一天，芭丝发现马丁摘下了康苏艾洛的照片，她要求他给挂回去。他问为什么，芭丝回答："我不想取代她。"马丁没懂，不过还是照做了。"如果你不想在你以前和你老婆睡觉的床上跟我做爱，我可以理解。"芭丝说。马丁摇着头断然否认，说事到如今——"事到如今"，他用了这个词——他已经忘了老婆。"真对不起，我提出这个。"芭丝说，"要是我们在这儿做让你不爽，你跟我直说就成。""其实之前我跟她都不怎么做爱了。"马丁回答，随后两人一阵沉默，直到芭丝开口问他有没有在客厅餐桌上跟她老婆干过。他带着放荡的笑容，回答说没有。这游戏就这样令人瞠目结舌又津津有味地继续着。她又问他老婆在吮吸他前是否曾给他涂上炼乳，甚至问道她是不是乐意被用手指捅入后庭，是不是曾要求他泄在她脸上、胸前、臀部、头发。

有天早上，芭丝带来一株玫瑰和一株三角梅，马丁找来一把铲子，两人一起在小花园的入口处捣腾出一块空地。马丁动作笨拙，芭丝夺下铲子，三下五除二就搞定了一切。"不好意思。"马丁说，"这种粗活儿一般该是男人干的。""不打紧。"芭丝回答，然后又笑眯眯地加了一句，"我出生在民主时期。"随后，像是要为自己的坦白做铺垫，马丁开始没头没脑地自言自语，念叨起自己的过去，其间掺杂着真实的色彩和不得已而为之的谎言，努力寻求诚实的，或者说不那么不诚实的表达。他倾诉着自己的伤痛，坦言与他人建立长久、单纯的关系有多艰难。“我已经习惯了孤身一人。”他像是念诵箴言般说道。芭丝满怀同情，专心听着，好几次都点头肯定，可就在她梳理头发的瞬间，她突然钻进沙发，脱掉鞋子，又一次孩子气地说：“我出生在民主时期。”午饭时，看到马丁用刀叉把鸡肉切成小块，她表示她倒是宁可用手抓着吃，因为自己出生在民主时期。这话到哪儿都管用，尤其是床上：当马丁想不戴套就进入时，当他招呼她小点儿声，或是让她赤身裸体在客厅穿过得注意点儿时，又或是她在马丁身上狂野的扭动让他难耐疼痛时；每次，她都回答说她出生在民主时期，抑或是耸动肩膀高呼：民主！

时光带着欢愉的冷漠静静溜走。有时候一连几小时，甚至几天，马丁都会忘了他究竟是谁。他忘了自己的伪装，忘了自己的谎言，忘了自己的过错。其实有两次，他差点就说出了真相，然而真相太长，他需要太多言辞来描述。可现在，时间只剩两周了。不！只有一周了。

这会儿，马丁正紧张地开车。这是周五，第二天他要以芭丝伴侣的身份去参加一个婚礼，而芭丝希望他们能开车去。现在，他只有一天时间练习驾车。明天可得车技娴熟，至少也要看上去像样吧。刚开始时一切顺利。在一个红灯时，汽车熄火了，这对他来说是常事。不过，他还有点胆量，接下来一会儿开得还算顺利。随后，他一时兴起，决定去市中心转转，买回自己打碎的两个碟子和三个杯子。可惜他没有来得及变换车道，也没能超过别的车子，于是在原来的车道上困了十分钟，直到错过了出口。这会儿，他正一路向南，除了试着来个危险的掉头，别无他法。

马丁把车停在中央隔离带附近，决定冷静一下。他关了收音机，静静候着，可就要掉头时，他又熄火了，不得不在一辆大卡车前停下。卡车绕了过去，鸣笛表示不满。马丁发动了汽车，却不敢上前，只好退后，继续往南，一直想着掉个头，或者直接冲下公路。他全身僵直，怕得要命，只能沿着公路一直往前开。到了收费站，他一个急刹车，收费员冲他微笑，他却连还礼的本事都没有。马丁就跟个慢吞吞的机器人一样，只能继续往前，开完了到百来公里外的兰卡瓜城那余下的路程。

“我还没来过兰卡瓜呢。”他暗自赧颜，于是下了车，看着人群，试图从武器广场的人流量猜出现在几点。十二点？不会，十一点吧。还早着呢，不过马丁有点饿了，就给自己买了个夹心面包。他不挪窝地在那儿待了整整一个钟头，抽着烟，想着芭丝。他烦透了这些寓意深远的名字：芭丝，康苏艾洛[①]。他想，要是自己哪天有了孩子，一定给他起个什么意义也没有的名字。随后他在广场上转了二十

---

① 前者表示“和平”，后者表示“慰藉、欢乐”。

几圈——其实他也没有数——几个逃课的女学生诧异地打量着他。马丁再次停车，电话响了，他告诉芭丝自己正在超市呢。芭丝想见他，他说不行，自己正要去学校接孩子。“你终于可以见孩子啦？”芭丝激动地问。“就是，这会儿休战了。”马丁回答。“我想看看孩子。”芭丝提出。“这会儿不方便，”马丁说，“以后吧。”

接近下午四点，马丁开始往回开。返程顺利多了，或者说不那么麻烦了。“我真的学会开车了。”那晚睡觉前，马丁稍稍有些自豪地想。可周六去参加婚礼的路上，他停了车，说自己眼睛灼痛——他并不确定“灼痛”是不是准确的表述，不过反正就这么说了。芭丝接管了方向盘，她没有驾照，不过这也无所谓。马丁看着她全神贯注地开车，安全带穿过胸部，第一次预感到将会失去的痛苦。马丁喝了个尽兴，真是太痛快了，好在一切顺利。他彬彬有礼，舞姿优美，谈吐得当。芭丝的朋友们都为她开心。芭丝脱下红色鞋子，赤脚起舞。马丁想起自己一开始还质疑她的美貌，真是荒唐，芭丝明明那么漂亮、自在、风趣，令人倾倒。马丁真想当场就告诉她真相，可他感到一切尽失，无可挽回。那家人周三就要回来了。他回到餐桌，和芭丝的朋友们，和新郎、新郎的父亲一起看着她翩翩起舞。马丁又要了一杯威士忌，一饮而尽，他太喜欢那喉咙灼烧的伤痛感。他看着放有芭丝钱夹和鞋子的座椅，他想拿走那鞋子，仿佛那是个恋物癖的宝贝。

第二天，马丁酒意未消，直到十一点半才醒来，听到一阵奇怪的音乐声，像是芭丝在煮饭时哼唱着新世纪音乐[①]。她起得很早，去买了斧头鱼和一大堆蔬菜，现在已经全下了锅，正等着加酱油。吃过午饭，二人赤身躺在床上，马丁数着她背上、臀部、腿上的斑痕，一共有两百二十三个。该是坦白一切的时候了，他甚至奢望芭丝会理解。她会生气、嘲讽，一连几周、几个月不愿见他，会茫然困惑，但最终会原谅他。他调整着语调，吞吞吐吐地开了口，可她打断了他，去父母那里接儿子了。

五点，芭丝带着孩子回来了。之前，孩子一直对马丁心怀戒备，可就在那一阵子，他敞开胸怀，开始信任马丁。两人第一次一起玩耍，先是打算安抚康复中的密西西比，不过很快放弃了。随后，孩子把西红柿和橙子放在一起，告诉马丁他想喝橙汁。马丁拣出西红柿，正要切开第一个，孩子大叫："别——！！！"两人就这样重复了十来次、十好几次。这游戏还有个升级版：切西红柿前，马丁像是突然发现，大发雷霆地说超市工作人员居然把西红柿当橙子卖给了他，还装作怒气冲冲地要去超市投诉，就为了等孩子开开心心地吼一句："别——！！！"

现在，两人又玩起了遥控器。孩子摁了按钮，马丁应声倒地，啃着自己的一只手掌，发出惨叫或一声不吭。"如果我真的说不出话呢？"孩子在他母亲怀里睡下时，马丁

---

① 新世纪音乐（new age），二十世纪七十年代后期出现的一种音乐形式。

这样想。

“希望有人让我降低音量。”马丁想。

“希望有人让我快进、快退。”

“希望有人给我录音录像。”

“希望我被删除。”

现在，芭丝、孩子和密西西比都安然入睡，马丁把自己在书房关了好几个钟头，不知道在干吗，好像在哭。

下了出租车，映入眼帘的第一幕让一家人倍感愉悦。康苏艾洛看着三角梅和玫瑰，立刻想为这份心意跟马丁道谢。随后，客厅正墙上康苏艾洛的照片也让一家人大为惊讶，满腹狐疑。有那么一瞬间，女主人甚至怀疑这照片是不是一直都在那儿，不过当然不是。夫妇二人警觉地巡视了整个家，困惑感步步加深。显然，马丁搜寻过所有抽屉和衣柜，夫妇俩不断在窗帘上发现以前不曾有的印迹，在地毯上看到烟灰。猫咪在孩子的房间，躺在毛绒玩具中睡觉。两人检查了它尚未完全结痂的伤口，暗自庆幸好歹没有大碍。随后他们又在厨房的菜单、食谱边找到几个脏兮兮的注射器。

马丁没有在家，也不接电话。他没有留下只言片语解释这一切。布鲁诺和康苏艾洛搞不懂发生了什么。一切都太令人费解。最初，他们猜想马丁是偷窃潜逃，可布鲁诺仔细检查了书房，并未发现任何值得一提的损失。

布鲁诺觉得自己信任马丁真是愚蠢。他们有那么多封邮件来往，他居然从未察觉异样。“是有这种事儿。”康苏艾洛宽慰，不过也没什么底气，只是随口一说。布鲁诺一直坚持给马丁打电话，在语音信箱留言，有时和颜悦色，有时言辞激烈。

几天后的一大早，门铃响了。康苏艾洛去开门。“您有事吗？”她问门口的年轻女人。女人认出了康苏艾洛，僵在原地。“您有事吗？”后者再次发问。女人迟迟没有做声，又细细打量了一番开门者，然后以轻蔑的，也可以说是极度悲哀的姿态应道：“没事。”

“是谁？”布鲁诺在屋里问。康苏艾洛关上门，迟疑了一秒钟，答道：“没人。”

# 追　忆

雅斯娜朝着父亲当胸一枪，然后用枕头捂死了他。父亲是体育老师，而她，本来啥都不是，无名小卒而已，但现在不一样了。现在她是凶杀犯，正蹲大牢；现在，她正等着狱卒送来食物，她还记得父亲那黑暗、浓稠的血液。不过，作家可不写这些，他只写情书。

“只写情书”，说得好像这根本没什么了不得似的。

事实是，雅斯娜并没有杀害父亲，这桩罪行压根儿就没发生过。作家也不写情书，他从没干过这事儿——恐怕是因为对爱情一窍不通吧，或者是因为他了解的爱情让他毫无愉悦感：那些事都太面目可憎。此刻正在写作的，是另一个人，他在匆忙之中想起了雅斯娜，却并非出自思念，并非想一睹芳容，完全不是，只是因为几个月前，有人请他写篇最好是以智利为背景的侦探小说，于是他立刻想到了雅斯娜，想到了这桩从未发生的命案。其实他有一大把素材可供选择，其中好些都更容易驾驭，更容易改编成侦探小说，可他还是认为，雅斯娜的故事值得一讲，或者说，至少他可以比较容易地讲出来。

作家记下了一些思路，又很快去忙别的事了，几个星期就这样转瞬即逝，如今他只剩下一天时间来写作。这一天现在已经开始了。七点半，天冷得很，毕竟已是寒冬，于是作家在睡衣外面披上了外套。开车去服务区买打印机墨水的途中，他自信满满地想，他有一整个早上来整理笔记，下午就用四五个钟头一气呵成，说不定晚上还有时间到小区新开的秘鲁餐馆去见个朋友呢。

这个故事中最单纯，也是最没用的部分开始于八十年代的一个夏天，这部分故事，作家是不会讲出来的——至少不会以这样的方式讲出来。他甚至都不能完整地记得这部分内容，毕竟，他的工作就是遗忘，或者说，装作记得遗忘的事。那时，两人都只有十四岁，他还没开始对文学感兴趣，那会儿他唯一正经爱好的只是恬不知耻又乐此不疲地尾随女人。不过，管她们叫“女人”也是言过其实，毕竟她们还算不得女人，就像那会儿他也还不算是个男子汉。当然，相比之下，雅斯娜的女人味儿还是胜过他的男子气好多倍。

一天下午，雅斯娜在满是玫瑰、山羊豆和虎尾草的凌乱的小花园中，坐在矮脚凳上，两腿间夹着画板画画儿。“你画什么呢？”他从栅栏另一头壮着胆子问。她笑了，却并非发自内心，只是种条件反射罢了。她给他看了看画板作为回答。隔得远远的，他觉得画纸上似乎是一团人像，看不出是男是女，反正像是个人。

两人并没有就此成为朋友，不过还是时不时聊会儿天。两个月后，她邀请他参加自己的生日聚会。他呼吸着幸福的空气，到广场书店买来一个三维地球仪，踌躇满志。聚会那晚，他按时出发，结果在路上碰到了正在街角跟几个兄弟抽大麻的丹尼洛。他们有一大把烟草，那可是老早以前就开始自个儿种下的，不过那伙人并没打算出售。他深深吸了四五口，一下子感到有股子劲儿蹿上来了，虽然他不经常抽大麻，也还是知道这感觉的。“你拿着啥？”丹尼洛问。他一直把口袋藏在身后，就等着别人问这问题呢。“是全世界。”他开心地回答。众人小心翼翼地打开玻璃纸包装，找寻了好一会儿各个国家。丹尼洛想找瑞士，却没找到。“这国家可够大！”他指着苏维埃共和国说，然后又给了他一支烟在路上抽。

雅斯娜大概是全场唯一对这聚会上心的人。她穿着及膝蓝裙，描着眼线，黝黑卷曲的睫毛配着浅蓝色眼影。场地里播放着过时的乐曲，当然，可能对于客厅里那十几个客人来说还算时髦。他注意到大家彼此间都很熟悉，因为他们都会在歌曲中间交换舞伴，哪怕对英语一窍不通，还是纵情跟唱。

他觉得自己没法融入，不过雅斯娜每隔两分钟、五分钟都会瞟一瞟他，这目光就这样跟烟草带来的昏倦感交织在一起。在硬生生喝下两大杯菠萝汁后，他在餐桌边坐下，这时，场中响起了“杜兰杜兰”乐队的曲子，以及有《恶名》[①]的整盘磁带。大伙儿的舞姿真是奇怪，像是在跳波尔

① 杜兰杜兰（Duran Duran），英国乐队，成立于一九七八年，在二十世纪八十年代红遍大西洋两岸。《恶名》是该乐队于八十年代中期发行的一首单曲。

卡或是什么过时的交谊舞。一切在他眼里都荒诞无比，不过他并没有多反感。“说不定我去跳的话，也还不错。”他突然带着一丝难以言说的忿忿之意想道，随后就被炸薯条、拉米塔[①]和切成小方块的奶酪、核桃、几十种五颜六色的杏仁糖吸引了注意力。也不知怎么回事，这些东西让他觉着挺有意思。

除了那突如其来的饥饿感，以及这饥饿带来的伤痛感，他已经不记得别的细节了。总之，当时他不得不克制一下，让自己保持正常的进食节奏，可当雅斯娜端着墨西哥玉米片和一大盘鳄梨沙拉上桌时，他完全失控了。那时，智利刚开始流行玉米片和鳄梨的搭配，他还没尝过，而且在那之前，他连这食物叫什么都不知道。吃了几口后，他发现根本停不下来，全然不顾大伙儿像是轮流负责打量他似的，纷纷盯着他看。他手指间全是鳄梨、番茄和玉米片的油脂，嘴也发疼，牙缝里还有残渣，他只好不屈不挠地用舌头清扫干净。真是丢人哪！他几乎一个人干掉了那一大盘，可他还想吃。

这时，厨房门开了，一道白光打在他脸上。一个身形臃肿，但还算结实的男人探出身子，油亮的头发梳着整齐的中分。那是雅斯娜的父亲，他身旁还有个年轻男人，如果嘴不豁的话，倒也称得上是个帅气的小伙儿。当然，也

---

① 面粉制成的智利传统零食，通常是条状、咸芝士味。

可以说是这缺陷让他显得更有魅力。这个故事最单纯的部分恐怕就到此为止了。两个男人拖着他的胳膊，死死按住他。他在绝望中居然还想接着吃，随后，在无数悠长复杂的目光和纷乱的言语中，在摩擦推搡间，他感到右大腿被踢了一下，紧接着臀部、膝盖、背部都被一顿狠踢。现在他整个人都在地上，忍着疼痛，雅斯娜的尖叫和一些含混的呼叫就像是背景音乐。他想还击，却只能勉强护住自己的下体。打他的是那个年轻男人，后来他知道雅斯娜管他叫助手。姑娘的父亲也在场，笑起来的样子跟那些蹩脚电影中的坏蛋一个样，也跟现实中的坏蛋一个样。

虽然这些事情对他的写作没半点儿用处，他还是试图回忆起那天晚上天气冷不冷（不冷）、有没有月亮（下弦月）、是周五还是周六（周六）、一片混乱中有没有人打算帮他（没有）。他刚给备用油箱灌满油，这会儿已经到了埃索商场，喝着咖啡，嚼着口香糖，翻着买咖啡和口香糖送的日报。他想，读者想看的，无非是一出血淋淋的拉美传奇罢了，于是在报纸的边缘记下了一长串自然和谐的设定，仿佛全都在为描写平静的一天做铺垫：父亲叫做菲利希亚诺，女儿叫乔安娜，助手和丹尼诺没什么用处，也不用提大麻，看看要不要换成某种烈性毒品吧。另外，虽然他并没有理所当然地认定要把菲利希亚诺的职业给改成毒贩，但也觉得应该降低这些主角的社会身份，毕竟，在拉美文学中，中产阶级——他这么想可是毫无讽刺意味的——是个棘手的问题。他需要描写的是这样一种智利人：他们不会对广场上被可卡因膏或“扭皮拧”[1]包围的年轻人大惊小怪。

菲利希亚诺是不是体育老师对他来说也无关紧要。他宁可把他设定成一个无业游民，身份卑微，经济拮据，在八十年代初期以及之后的日子，在独裁政权的统治下勉强度日，一辈子打扫着庭院的角落，或是干脆摇身成为个告密者，随时关注邻居的可疑行动，甚至把某人砍杀在地。当然，他也有可能是个卫兵，每天深夜回家，骂骂咧咧地要吃要喝，恬不知耻地用白天镇压游行者的手段威胁女儿。

想到这里，他心头涌上疑团，不过也不碍事。没什么要紧事儿，他想，不过就是十来页的短篇而已，顶多十五页，不用费心构思烦人的地点，只需三两句华丽辞藻、寥寥几个使用得当的形容词便足以搞定一切。他停了车，从后备厢取出备用油箱，边给车加油，边想象着乔安娜在整个家里涂满凡士林，然后把她爸关在屋里——哎呀，这也太大张旗鼓了！他想，还是来把手枪干脆点儿，大概是因为他想起了雅斯娜家是藏有武器的。曾经，雅斯娜扬言要杀了她老爸时，提到过家里有武器。

的确有武器，此话不假，不过那只是把半自动步枪，已经在家里的衣柜里躺了好多年，见证了父亲和三朋四友

---

① 智利某品牌黏合剂，吸食可做毒品。

在田野里猎杀石鸡和兔子的年代。仅仅有一次，一个春天的周日，从教堂回来后，七岁的雅斯娜看到过父亲持枪射击。当时父亲在院子里，喝下一瓶啤酒，姿势潇洒地打下了天上的风筝。他一共打中了四只，风筝先是慢悠悠地下落，随后陡然栽下，它们的主人压根儿就搞不明白是怎么回事吧。雅斯娜想象着远处放风筝的父亲和儿女们那茫然的样子，一句话也没说。过了一阵，她问父亲这枪能不能杀人，父亲说不行，说枪只是用来打猎的。“不过要是从近处指着脑袋打，”过了一会儿，父亲肯定地说，“那也能要了老命。”

生日聚会后，作家——那会儿他还没梦想成为作家呢，他憧憬了好多事情，几乎每一样都比当作家强多了——吓坏了，再也不想见雅斯娜，准确地说，是连通往她家的路都绕着走。他也不再去教堂，因为他知道雅斯娜会去。不过这倒不算什么难事儿，反正那阵他也不信上帝了。就这样，六年后，两人在市中心偶遇了。雅斯娜的头发更长更直，穿着两件套的工作服；而他的模样简直就是那个时代的范本，或者说，是文学学生的范本：苏格兰风的衬衫，乱糟糟的蓬蓬头。那时他已经是作家了，准确点说，写过些短篇。反正作家就是写东西的嘛，是好是坏都得写，多多少少都得写。这跟杀手就得杀人一个道理，杀一个还是杀一百个，杀的是路人还是生身父亲，反正总是要杀人的。说她毫无身份也不大对，她并非无名小卒，而是银行柜员，虽说不喜欢这工作，但反正她一直都认为，没什么工作是她喜欢的。

两人在饮料店喝着雀巢咖啡，聊起了他挨的那顿揍，她努力想作出解释，最后又说，其实她也搞不清状况。后来，她倒是聊起了自己的童年，尤其是关于母亲的突然离世，那时她年幼得几乎对母亲还没什么印象。她也提到了助手——当时，父女俩正在院子里给几把椅子上漆，父亲就是这么向她介绍那个男人的。几天或是几个星期后，父亲轻描淡写地告诉她，助手其实是一个死去的朋友的儿子，无处可去，所以得跟他们住上一阵子。那年助手二十四岁，上午通常都是呼呼大睡，没有工作，也不上学。有时候，尤其是星期二，雅斯娜的父亲跟篮球队训练到半夜才回来，他会陪着小姑娘。星期六也是如此，因为父亲球赛完毕，会再和队员们喝上几杯。作家想不通她为什么跟他说这些，完全忽略了——也可能他真的不懂，虽然那时他已经是个作家，而这是一个作家应当懂得的——人和人不就是这么寒暄的么：讲讲各自的故事，兴致勃勃又漫不经心，直到聊到敏感话题，聊到需要通过沉默来修饰言辞。

虽然还没聊完，作家还是问她可不可以留个电话、能不能再见面，因为这会儿他得去参加一个聚会了。雅斯娜耸了耸肩，可能暗自期待他邀请她一同参加聚会吧，虽然其实她根本去不了。不过作家并没有邀请她，她就懒得留电话了，也不同意他上她家去，哪怕那会儿助手早已搬走。“那我们怎么再见呢？”他又一次问起，而她则再次耸肩作答。

不过她曾提起自己工作的银行的名字，而这银行只有三家分行，于是他没过几周就找到了她。两人开始经常约会吃午饭，几乎每次都是在班德拉街的一家炸鸡店或是德安蒂诺小区的简餐店。要是两人兜里都还算宽裕，也会去“自然者”素食餐厅。他还是心有所图，而她总是顾左右而言他，还跟他提到了自己那位慷慨大方、善解人意、却怎么听都像是子虚乌有的男朋友。有时，在漫长的路途中，他听得心不在焉，只是看着她讲话，尤其是看着她的嘴唇、她那除了烟渍外堪称完美无缺的牙齿。他常常这样看着，无心聆听，直到她突然升高或降低音调，或是说出什么出人意料的话。就像有一次，她讲出了某句话，他虽然对此毫无想法，却突然回过神来。其实她并没使用什么特别的音调；相反，她语气平平，像是随便打趣，像是这样的话本就是用来随便打趣的——“我童年过得很不幸。”这就是她说的话，而他并没有听懂他早就该懂的内容，这是如今任何人都能明白的。不过，他听到这话仍然微微一震，好歹让他回了神。

她真的用了如此正式、如此有文学味的词语“童年”？可能说的是“我小时候”之类的吧。不管怎样，多年以后，十年，十五年，或者保险点说，三十年后，是该讲出整个故事了，同时还得营造出些许神秘意味，考虑情节的起伏，构建一份循序渐进又出其不意的感情。那些优秀的或是平庸的小说家都懂得这一套，不但不认为这样做有损道德，甚至还颇为享受，反正在编纂故事的过程中他们总是营造着某种乐趣。可这种神秘感在这会儿有什么用呢？当这句让一切故事真相大白的话从她嘴里脱口而出时，又能产生怎样的乐趣呢？毕竟有那么些话语已经赢得了它们的自由，我们对这些话耳熟能详，视若无睹，表达起来流畅自如。十五年、三十年后，那些或优秀或平庸的小说家可能已经对这样的表达顶礼膜拜，会用它去唤醒本应只在小说结尾才出现的神秘感，而这结尾的场景就是：父亲在酣睡，助手在卧室抚摸着一个十岁小女孩的胸部，小女孩惊恐不已，却像是模仿游戏般，把小手伸进助手的背心，全然无知地也抚摸着他的胸部。

而另一幕场景则是，两天后，当父亲驰骋在篮球场时，助手把小姑娘叫去，关上门，脱了她的衣服。小姑娘没有反抗，就这样被关在屋里。明明已经住下了好几个月，助手的衣服却全都还打着包，像是刚刚落脚或是即将启程一样。小女孩在这衣服堆里翻翻找找，取出几件宽大的文化衫和牛仔裤试了试。她真想对着镜子瞧瞧自己的模样，可助手的房间里没有镜子，于是小女孩打开了圆桌上小小的黑白电视机，电视里正放着一部连续剧，不是她平常看的那一部，电视的旋钮开关也还转得动，最终她还是沉浸到了情节中。就在这时，客厅传来声响——助手带着两个家伙进来，扒光了她给自己套上的衣服，左手拿着个酒瓶子恐吓她。小女孩被吓哭了，那两个烂醉的家伙在地上哈哈大笑。其中一个说：“她没奶子也没逼毛啊！你个毬！”另一个应道："反正有两个洞嘛。"

助手不让他俩碰她。"她是我一个人的！"他吼着，把两人赶了出去。随后他放了段粗俗的音乐，好像是《二流子之歌》，又逼着小女孩跳舞。她在地上嘤嘤哭泣，还做出点儿捶胸顿足的样子。"对不起嘛。"他一边安慰她，一边抚摸着小姑娘赤裸的脊背、尚未丰满的臀部和洁白的大腿。他把手指伸了进去，然后又停住了，继续抚摸她，满嘴骂骂咧咧，那些言辞她闻所未闻。然后他突然用教育家般填鸭式的方法教导她如何为自己口交。看着她有些危险的、机械的动作，他警告说，如果她敢咬他，就要她的命。"下回你可得把那咽下去咯。"完事儿后，他这样说，带着智利男人特有的那种尖嗓音，还憋出一副宽宏大量的腔调。

他从不在她体内了结。后来，当雅斯娜体形渐丰、胸臀饱满，他倒是更喜欢弄在她脸上。谁也说不清他是不是乐意看到这些变化，尤其是——在她被蹂躏的那五年中——他好几回一度兴味索然。雅斯娜乐得享受这些清闲的间隙，可她又有种说不清道不明的混乱感觉，或许从某方面来说，她觉得自己就是属于助手的——现在他都懒得警告她别把事情说出去了。每回父亲下班回家，总是泡上一杯茶，跟女儿和助手打个招呼，问问他们有没有什么需要的东西，给上一千比索给助手，再掏出五百给女儿，然后就把自己关在屋子里，一连好几个小时看着肥皂剧、新闻、明星访谈，然后又看新闻和美剧《干杯》。心仪的节目结束后，有时他会听到点儿什么动静，如果声响太大，他就找来耳机连在电视上。

鼓动雅斯娜举办十五岁生日聚会的人正是助手（“该给你搞个聚会，你是个正常的好姑娘。”他这么说）。那会儿他已经一连几个月对雅斯娜没有兴趣，只是偶尔碰碰她。然后，就在把作家暴打一顿之后的那天深夜，天蒙蒙亮时，醉意盎然又被妒意中伤的助手用不容置疑的命令口吻告诉雅斯娜，从今往后她要跟他住一个屋，就跟老公老婆一个样。直到那时，同样酩酊大醉的父亲终于回应他说这不可能，他不能再继续欺侮自己的妹妹，而助手则辩解说他们只算半个兄妹而已。就这样，她才知道了这层关系。完全失去理智的助手红着眼，开始殴打雅斯娜的父亲，而他自始至终都知道，这也是他自己的父亲。离家前，他甚至一拳打在了雅斯娜的脑袋右边。

助手说他再也不会回来，事实上他也是这么做的。只不过，他刚走的那几个月，雅斯娜还是担心他再次出现，可有时又盼着他能回来。有天晚上，她害怕极了，便躺在父亲身边和衣而睡，就这样过了两晚。第三晚，两人抱在了一起，第四晚、第五晚亦是如此。第六晚，凌晨时分，她迷迷糊糊感到父亲的食指在她的后庭摸索。当父亲粗大的阴茎刺入她的身体，她似乎感到有眼泪流下，可她并没有哭出来，她已经不再哭泣，想笑时也笑不出来。等同于微笑的，或者说当她想笑时，她会用别的方式表达，比如在想象中动动身体的某个部位，或者只是动动脑袋。对她来说，性交始终是麻木、艰苦、粗鲁的，而其中，麻木是最大的感受。

午饭时，作家只吃了奶油芦笋，喝了半杯红酒。他躺在炉火边的椅子上，身上搭着毛毯，只睡了十来分钟，不过也足够他做个惊心动魄的梦，梦里是数不清的顺理成章和匪夷所思的情节，在醒来的那一瞬间全被他忘记了，只留下了这个场景：他在通往圣安东尼奥城那条熟悉的高速路上开车，车的驾驶室靠右[①]，一切原本都在他掌控之中，可就在接近收费站时，他突然焦虑起来，想要跟收费员说清自己的状况。“我得赶紧下车，”他在梦里想道，“我要跟她解释。”他极度担心收费小姐看到原本该有司机的位置却空空如也会被吓个半死。这想法的音量节节升高，变得尖利刺耳：要是看到这辆无人驾驶的汽车，收费员——是他平时认识的那位，既因为她的发型，也因为她长得怪异、修长而扭曲的鼻子，不过倒也不丑——会被吓死。他决定提前几米停车，学着那个表明自己并未携带武器的动作，下车时双手高举。可惜这场景没能完成，虽然收费站近在咫尺，车却永远地停了下来。

作家记下了这个梦，但做了些修改粉饰，他一向如此，描写时总不可回避地美化自己的梦境，用虚幻的场景、华丽或引人遐想的言辞去修饰，通过它们去暗示大结局或是情节的峰回路转。在他的笔下，雅斯娜成了收费小姐，不过这二者倒还真有些难以意会的相似之处。随后他就明白

① 智利和中国一样，驾驶室靠左。

了这共通点和偷梁换柱的妙处：乔安娜不在银行，而是在收费站工作——这真是再糟糕不过的一份工作了。他想象着她努力伸长胳膊，好够得到别人递来的硬币，对过往的驾驶员或爱或憎，或是漠然无衷。他想象着她手里那些硬币的气息，想象着她赤脚裸腿的模样——这是她在那小格子房里唯一的特许了。下班后，她会坐上近郊公交车回家，头靠在车窗上打瞌睡，不时计划着自己的杀人大业。那时她已经认定，无论如何，这是正义的、必须的。杀人后，她驱车往南，在蒙特港[①]过夜，到达达卡维或克姆治齐[②]，指望在那儿找份差事，忘掉一切，却犯下些荒谬的错误，绝望至极。

作家最后一次见雅斯娜时，两人差点就睡在了一起。那之前，他们还只是在市中心吃午饭时见过几面，每回他邀请她看个电影或者跳个舞，她都有一大堆借口拒绝，含含糊糊地讲述起自己那虚构的男朋友或是某个殷勤备至的追求者。可是突然有一天，她不但主动给他打电话，还去了他家，两人一起看了电影，然后打算去广场，结果路上她改了主意，后来又遇见了正吸烟喝酒的丹尼洛，去了他家。三人躺在客厅地毯上，情绪高昂，畅所欲言，甚是欢欣。丹尼洛想亲吻她，她温柔地予以回绝。大概过了半小时或是一小时，她告诉两位朋友，在另一个世界，一个完

---

① 位于圣地亚哥城以南约一千公里的港口城市。

② 两个均为智利南部奇洛埃岛上的港口小镇。

美的世界中，她真想跟他俩睡上一觉，随便和哪个都成，可是在这个肮脏的世界，她不能和他们中任何人上床。她的言辞沉重、决绝，想必已让两人心向往之。或许那会儿，两人的确心有所想，不过更多的感觉还是怅然若失。

过了一会儿，丹尼洛发出不知道是大笑还是打喷嚏的声音。“你要是想要个完美的世界，那就再来点儿大麻吧。”丢下这话，他就去房间里看电视了。她和作家继续留在客厅。虽无音乐，雅斯娜还是翩然起舞，毫无预兆地宽衣解带。他亲吻着她，贴近她的胸部，抚摸着她的私处，褪去她的底裤，缓缓地舔舐着她那不如毛发般乌黑、有些栗色的阴毛。可她迅速穿上衣服，满心歉意，告诉他自己做不到，这是不可能的，请他谅解。“为什么啊？”他问，话语里满是不解和爱意——他自己都不记得了，其实他是该记起来的，的确是充满爱意。“因为我们是朋友。”她答道。“也不见得是多好的朋友。”他说这话是严肃的，还重复了好多遍。雅斯娜绽放出愤怒的笑容，笑得很凄美，那是真正赏心悦目的放声大笑，却又逐渐收敛住。她恐怕笑了十几分钟吧，最终，她艰难地找回那份严肃铿锵的语调，告诉他，这就是告别了，以后他们再也不会见面。他知道再问什么也毫无意义。两人在角落里紧紧拥抱。他抬起雅斯娜的右手，静静地啃咬着她的指甲。他已经不记得了，他看着她、咬着她的指甲时，自己觉得根本不认识她，从来没法认识。

临别前，两人和丹尼洛一起，在电视机前坐了会儿，看了一场网球赛。她以惊人的速度喝下几杯茶，吃了两块法式面包。“你妈在哪儿？”她突然向丹尼洛发问。“在一个姨妈那儿。”丹尼洛回答。“那你爸呢？”“我没爸。”丹尼洛应道。于是她说：“真好！我倒是有，不过我会杀了他。我家有枪，我要拿它杀了我爸。然后我去蹲监狱，那就开心了。”

已经是下午四点，时间不早了。作家赶紧打开电脑，等待系统和文字处理程序启动的那几秒钟，他心烦意乱。不出几分钟，他就飞快写下了前五页，内容包括侦探到达案发现场，发现那是乔安娜的家，一直到他上了阁楼，在破旧的箱子里翻出了以前他和乔安娜还是恋人时穿过的衣服——在小说里，两人曾经相恋，不过只是一段为时不长的地下恋情。侦探还找到了自己曾经送出的、已经没了支架的地球仪。此外，在一堆乱七八糟的钓鱼竿、鱼线、沙滩用的铲子和小桶、睡袋、生锈的哑铃中，他还找到一个双肩包。在希望有所发现的恋旧情结的驱使下，侦探继续翻啊找啊，然后呢，就跟小说、电影，也跟生活里不时发生的情节那样，他找到了只有他自己才能懂得的、关键性的证据：一个满是图画的盒子，有上百张，全是父亲的肖像，按时间或事件顺序排列着，一幅比一幅逼真。前面的是碳墨画，后面大部分则是用蓝色签字笔完成的。当侦探看到这些线条粗重、因为反复翻看而导致页面破损的画作，当他的目光停留在那一幅幅形象夸张但依然保留了现实主义风格，并不能算作“漫画”的头像上，当他重新审视这些图画时，他终于对自己早该洞悉的一切恍然大悟，那是他不曾解读，无法言说，亦不知如何处理的一切。

作家飞快写完了中间部分，在最后两页开始字斟句酌：侦探在达卡维的一家旅店找到了乔安娜，答应会保护她。乔安娜则细细讲述了这桩在她的生命中曾被一再拖延的罪行，她哭泣起来倒是显得更为释然。大概两人最终在一起了吧，不过这可说不好。虽然也不能确知作家对于“模糊”、“微妙”、“精巧”作何理解，反正结尾是合理而微妙的，亦不乏精巧的模糊感。

这不是什么了不起的小说，作家没有多加修改便把它发送了出去。他在去餐馆跟朋友聚会前，甚至还来得及喝上一杯皮斯科酒，吃了点儿万卡约木薯。

这不是什么了不起的小说，当然不是。不过，雅斯娜会喜欢的。

雅斯娜不喜欢读书，可就算不读，她一样会喜欢这小说。如果这是部电影，她肯定会从头到尾看完。如果电影深得她心意，如果她看完后印象模糊，甚至哪怕她还记得一清二楚，她都可能会再看上一遍。不过她并不常看电影，也不怎么想得起作家——她恐怕都不知道他是作家吧。只是，几个月前，当她走在他曾居住的镇子，倒是的确想起了这个人。

父亲的病情已经没有指望好转时，曾被建议借助大麻来抵抗疼痛，于是她想起了丹尼洛的那些烟草，所以就有了她经过他家附近的那次奔走。一眼望去，她像是在游荡，其实不然。她很是享受这种漫无目的地兜圈子的惬意，甚至会在走到一条街的尽头时折返，装出找路的样子。其实，丹尼洛的住址她记得一清二楚，但她就是喜欢这种惬意，这种毫不张扬的惬意。虽然天色不早，她倒是有大把的时间：父亲正安详地沉沉睡去，疼痛比上周有所缓解，所以她得以脱身，慢慢逛上一逛。

“希望你还没有杀了那老家伙。”丹尼洛最终认出她后，这样说道。而她根本不记得几乎二十年前的那晚自己说过的话了，只是困惑而警觉地看着丹尼洛，然后才想起自己的计划，想起那把步枪，想起那个疯狂的午后。在丹尼洛的谈笑打趣间，这些失落的记忆涌上心头，她感到一阵心烦的快意。当年，她很喜欢这房子，喜欢这氛围和这友好的情谊。她留下来跟丹尼洛，还有他的老婆儿子一起喝下午茶。孩子皮肤黝黑，留着长发，说起话来像个小大人。老婆在细细打量过雅斯娜后，问她怎么能保持如此苗条的身材。“我一直这么瘦。”雅斯娜答道。“我也是！”孩子插嘴。雅斯娜买了不少大麻，丹尼洛还送了她一些种子。

大麻种下去还要过一段时间才能长出，现在雅斯娜正边听新闻广播边给它们浇水，观察着它们。父亲已经不再骚扰她，他没这本事了。她也不曾原谅父亲。她不再相信“原谅”这回事，也不相信爱情或忠诚，不过恐怕她还信仰死亡，至少期待死亡。她一边在客厅挪动家具，一边想着父亲死后自己的生活会是怎样。她有种抽象的自由感，抽象得让人疲惫。她想到了一种模糊的伤痛，一种平静安宁的灾难。

她在厨房听着父亲的呻吟，在疾病的折磨下，那声音听上去虚弱、陈腐。有时，父亲会冲她嚷嚷，斥责她，不过她根本不理会。有时，尤其是情绪激动起来，父亲会发出窒息般的笑声，说些毫无头绪的话。雅斯娜思考着人的求生意志，真不理解父亲为何还如此留恋这条老命。她又给他送去一些大麻饼，为他打开电视，戴上耳机。她在父亲身边坐了会儿，翻了翻杂志。“我不信上帝，可只有在他的帮助下，我才战胜了伤痛。”一位名演员如此谈论他妻子的死亡。“这很简单：多喝水。”另一页上的一位模特总结。“别让嘲笑影响自己。”“这是今年他的第二部连续剧。”“生活的方式是多种多样的。”“我真不知道过去自己在忙活啥！”“恐怕你得下大力气去完成那些未完事项。”

她听到垃圾车的声响，听到垃圾回收员的呼喊，听到狗叫，还有耳机里传来的笑声的杂音，也听着父亲的呼吸和自己的呼吸，可是，没有任何声音能够打破她的安静感——安静，而并非安宁。安静。她去到客厅，裹了个烟卷儿，在黑暗中静静地吸着。